陪孩子成長的溫馨故事
真
寶貝
文・圖／鬍子奶爸

《編輯序》

當孩子不愛讀書

慈濟傳播文化志業出版部

親師座談會上，一位媽媽感嘆說：「我的孩子其實很聰明，就是不愛讀書，不知道該怎麼辦才好？」另一位媽媽立刻附和，「就是呀！明明玩遊戲時生龍活虎，一叫他讀書就兩眼無神，迷迷糊糊。」

「孩子不愛讀書」，似乎成爲許多爲人父母者心裡的痛，尤其看到孩子的學業成績落入末段班時，父母更是心急如焚，亟盼速速求得「能讓孩子愛讀書」的錦囊。

當然，讀書不只是爲了狹隘的學業成績，而是因爲，小朋友若是喜歡閱讀，可以從書本中接觸到更廣闊及多姿多采的世界。

問題是：家長該如何讓小朋友喜歡閱讀呢？

專家告訴我們：孩子最早的學習場所是「家庭」。家庭成員的一言一行，尤其是父母的觀念、態度和作爲，就是孩子學習的典範，深深影響孩子的習慣和人格。

因此，當父母抱怨孩子不愛讀書時，是否想過——

「我愛讀書、常讀書嗎？」

「我的家庭有良好的讀書氣氛嗎？」

「我常陪孩子讀書、爲孩子講故事嗎？」

雖然讀書是孩子自己的事，但是，要培養孩子的閱讀習慣，並不是將書丟給孩子就行。書沒有界限，大人首先要做好榜樣，陪伴孩子讀書，營造良好的讀書氛圍；而且必須先從他最喜歡的書開始閱讀，才能激發孩子的讀書興趣。

根據研究，最受小朋友喜愛的書，就是「故事書」。而且，孩子需要聽過一千個故事後，才能學會自己看書；換句話說，孩子在上學後才開始閱讀便已嫌遲。

美國前總統柯林頓和夫人希拉蕊，每天在孩子睡覺前，一定會輪流摟著孩子，爲孩子讀故事，享受親子一起讀書的樂趣。他們說，他們從小就聽父母說故事、讀故事，那些故事不但有趣，而且很有意義；所以，他們從故事裡得到許多啓發。

希拉蕊更進而發起一項全國性的運動，呼籲全美的小兒科醫生，在給兒童的處方中，建議父母「每天爲孩子讀故事」。

爲了孩子能夠健康、快樂成長，世界上許多國家領袖，也都熱中於「爲孩子說故事」。

其實，自有人類語言產生後，就有「故事」流傳，述說著人類的經驗和歷史。

故事反映生活，提供無限的思考空間；對於生活經驗有限的小朋友而言，通過故事可以豐富他們的生活體驗。一則一則故事的累積就是生活智慧的累積，可以幫助孩子對生活經驗進行整理和反省。

透過他人及不同世界的故事，還可以幫助孩子瞭解自己、瞭解世界以及個人與世界之間的關係，更進一步去思索「我是誰」以及生命中各種事物的意義所在。

所以，有故事伴隨長大的孩子，想像力豐富，親子關係良好，比較懂得獨立思考，不易受外在環境的不良影響。

許許多多例證和科學研究，都肯定故事對於孩子的心智成長、語言發展和人際關係，具有既深且廣的正面影響。

爲了讓現代的父母，在忙碌之餘，也能夠輕鬆與孩子們分享故事，我們特別編撰了「故事home」一系列有意義的小故事；其中有生活的眞實故事，也有寓言故事；有感性，也有知性。預計每兩個月出版一本，希望孩子們能夠藉著聆聽父母的分享或自己閱讀，感受不同的生命經驗。

從現在開始，只要您堅持每天不管多忙，都要撥出十五分鐘，摟著孩子，爲孩子讀一個故事，或是和孩子一起閱讀、一起討論，孩子就會不知不覺走入書的世界，探索書中的寶藏。

親愛的家長，孩子的成長不能等待；在孩子的生命成長歷程中，如果有某一階段，父母來不及參與，它將永遠留白，造成人生的些許遺憾——這決不是您所樂見的。

《作者序》

感謝慈濟給了我自由創作的空間，讓我沉浸在心靈成長的境界中；從故事的發想，到插畫的繪製，出版部給了我完整製作的機會。在創作的過程中，為了詮釋故事的精神，讓我的心靈更進一步得到了成長。

孩子是創作的明燈

鬍子奶爸／陳寅隆

我是一個「奶爸」，在工作時就像「自由女神」；只是，我是一手拿著「鍵盤」、一手高舉著「奶瓶」罷了。

第一次當爸爸的時候，「小孩子長大後自然就懂了！」這一句話讓我等待著孩子長大，卻錯失了孩子心靈成長的時機。現在，孩子不是不懂，而是不願意懂。

第二次當爸爸之後，小孩給了我當「義工爸爸」的機會——到班上導讀故事給同學們聽。在我念的童話故事中，同學們得到了快樂。在我念「靜思語」給同學們聽的時候，他們行爲的改變，卻讓我得到了快樂。

他們小學二年級，已懂得「生氣是拿別人的過錯來懲罰自己」，還知道「口吐毒蛇」和「口吐蓮花」的意思。我還試著找一些心靈成長的故事念給他們聽，他們的行爲因此改變了，老師也説同學們最近變懂事了。

第三次當爸爸，小孩讓我卸下了「義工爸爸」的角色，變成一位「奶爸」，也同時給了我寫作的機會。

小孩會走路了，我卻還是他心中的「鴨鴨」，我們之間只能用「外星人的語言」溝通。鴨媽媽因爲工作的關係，大部分的時間，這位「外星寶寶」只能跟我這隻「唐老鴨」在一起，我不知道什麼時候才能從「鴨鴨」變成爸爸。

在寫作的時候，我會按下音響的播放鍵聆聽交響樂？鋼琴演奏？馬友友的大提琴專輯？都不是！而是我寶貝兒子愛看的影音光碟「大家來學ㄅㄆㄇ」！播完後，他還會自己去按播放鍵。

平常只會說外星語言的他，第一個學會的地球語言是「ㄅ」，才會站就想跳，眞的是「早接觸」就會「早影響」。

孩子的學習如果跟「接觸」有關係，那麼，早接觸就能早學會嘍！由於當過義工爸爸，我希望孩子的身心能同時成長，所以就以心靈故事做爲主軸，用童趣的手法來詮釋，看看是否能讓孩子產生興趣，並進一步讓他們能夠理解。

每當我完成部分作品的時候，我會請孩子幫我看一下故事內容，詢問他們的意見。他們覺得很有趣，而且容易懂；孩子也建議我，在插畫部分可以用卡通造形的手法，但是要感覺精緻一點。這個建議，改變了我繪畫的風格。

很高興孩子喜歡我的內容，更喜歡我的插畫風格。孩子還要求，等書出版之後，他要拿一本去送給老師看。孩子的支持與鼓勵，讓我更有信心走這條路。我相信，孩子能不能早點懂事，跟早點接觸的「機會」有關係。

趣味精彩的童話故事很多，針對兒童心靈成長的童話故事，也有不少人努力的經營著；我願意參與這種題材，提供孩子更多心靈成長的機會。

每一個精彩故事的結束，都傳達著一分與孩子一起的學習及分享。本書每一篇故事之後的「給小朋友的貼心話」，是我希望能與小朋友對話的空間，部分的內容是我與孩子的生活體驗與對話，希望能與小朋友一起分享與反省。

孩子永遠是創意的種子，也是童話的原動力。因為孩子，讓我們的世界擁有精彩的童話故事；因為孩子，讓我們有機會進入童話世界中；因為孩子，讓我們再一次回到童年。

這本書獻給最疼愛我的岳父姚寧生先生。您多年來支持著我的理想，感謝您在我寫完故事的時候才過世，雖然我們無法再碰面！我相信您已經知道，我已經找到自己該走的路，我也會努力完成您的願望！

目錄

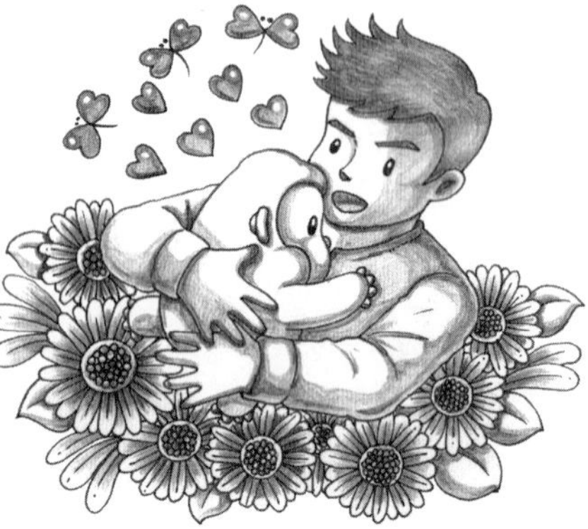

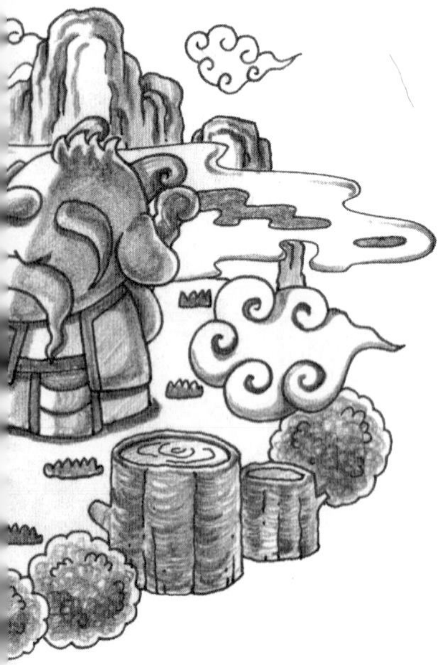

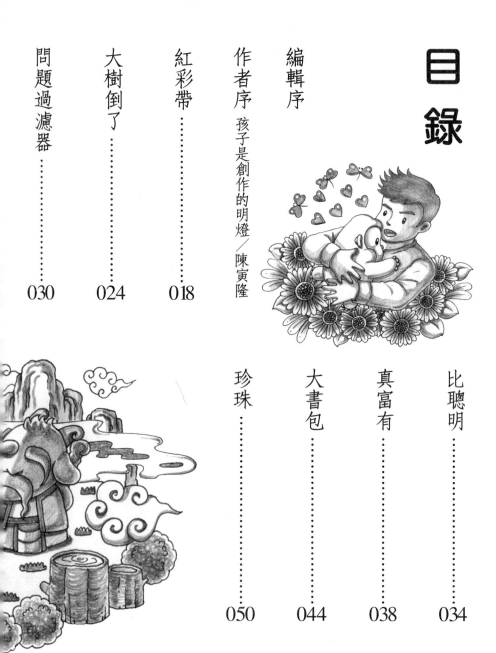

目錄

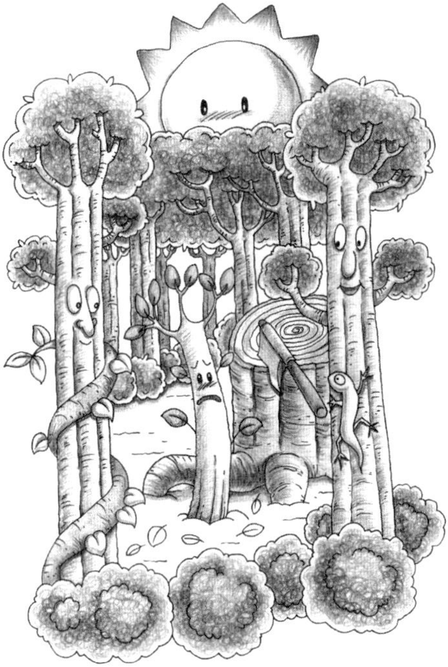

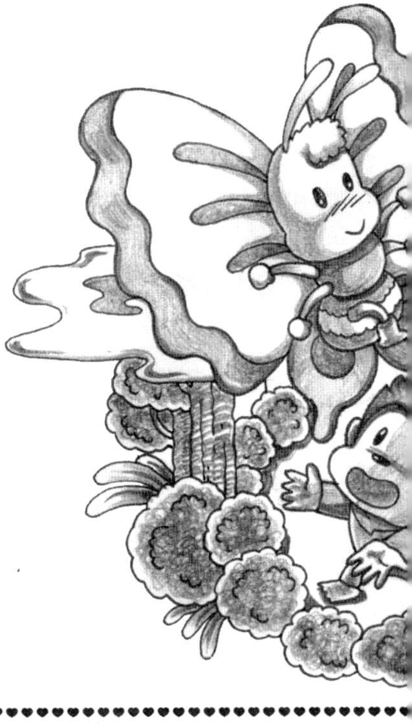

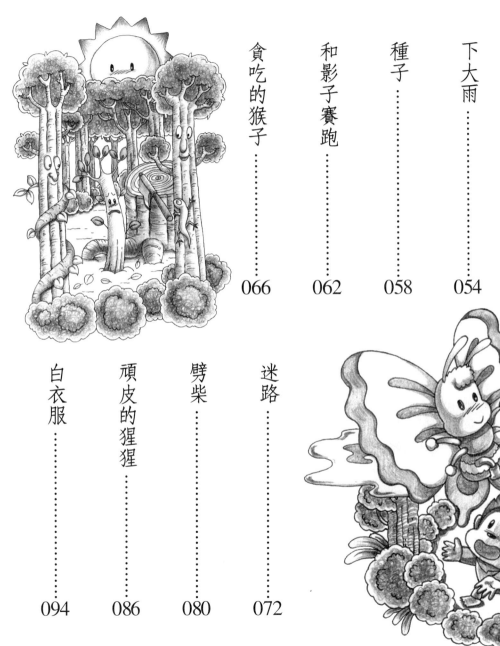

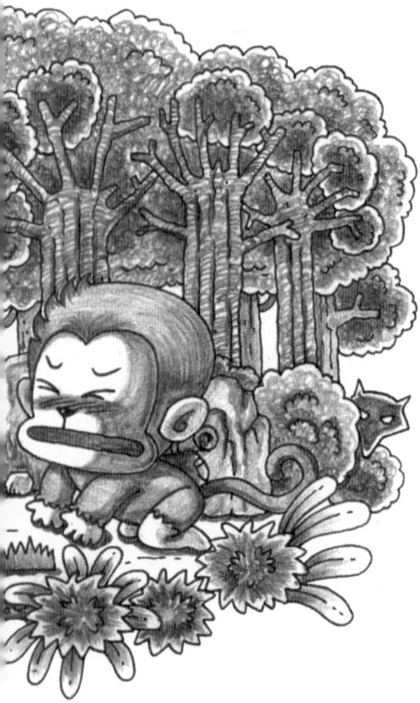

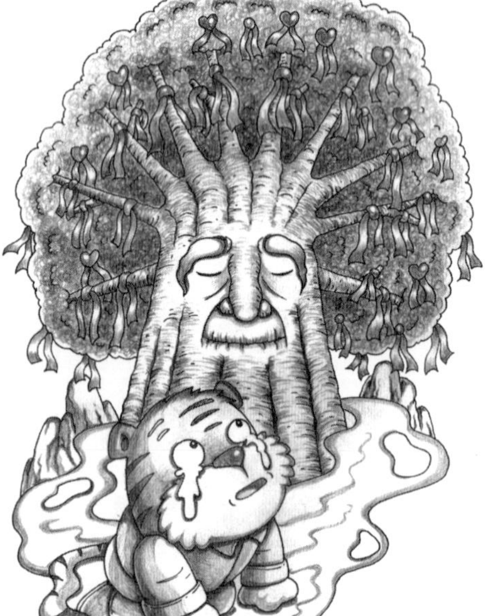

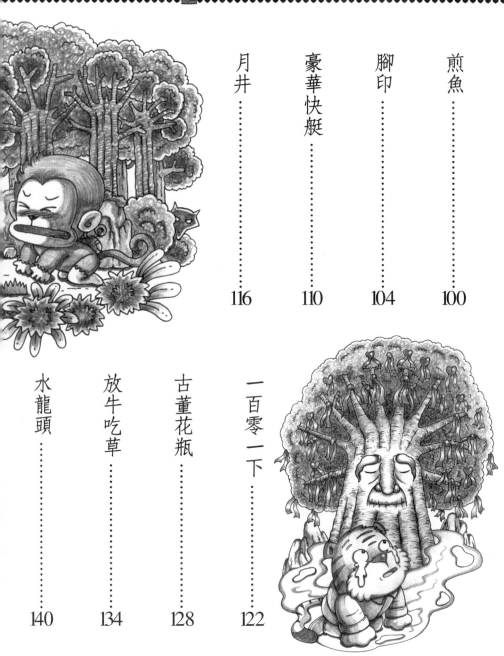

目錄

紅彩帶

ㄏㄨㄥˊ ㄘㄞˇ ㄉㄞˋ

在「翡翠森林」中有一處村莊叫做「神愛村」，村子裡的人民都非常善良，唯獨有一隻「千面虎」陰險狡猾、作惡多端，欺騙了很多村民。

在一次犯罪的過程中，千面虎的詭計被識破，當場就被抓到「暴風城」的監獄關起來。

千面虎在服刑期間，覺得很羞愧，都沒有和家人聯絡。過了好多個聖誕紅換裝的季節，千面虎因爲刑期屆滿，就要出獄回家了。

出獄前，監獄裡的牧師來關心千面虎未來的去向。牧師見到千面虎憂心忡忡的樣子，就好奇的問：「你就快要出獄回家了，怎麼看起來這麼難過呢？」

千面虎說：「唉！出獄後，如果家人不諒解，鄉人也不歡迎，我反而變成無家可歸、走投無路的浪子，怎不難過呢？」

牧師聽了之後就拍拍他的肩膀說：「不要洩氣，我先到你的故鄉，將你的想法告訴家人，然後再想一個方式，讓你知道可不可以回去好了。」

牧師到了千面虎的家中，表明來意之後，千面虎的爸爸說：

「這麼多年來，千面虎都沒有與家人聯絡，根本無法瞭解他是否改過向善了。」

千面虎的媽媽接著說：「只要他知錯能改，我們做父母的當然歡迎他回來。」於是，他們就和牧師商量迎接千面虎的方式。

隔天，牧師帶了訊息給千面虎說：「出獄那天，你必須搭乘火車回翡翠森林。當火車快到神愛村的時候，會經過一株長得非常雄偉茂盛的『神靈樹』；如果你看到神靈樹上，綁著一條長長的『紅彩帶』，表示家人和鄉人已經寬恕你了，並且熱情的歡迎你回家。」

出獄的那一天，千面虎抱著緊張的心情坐在火車上。火車漸漸的駛向翡翠森林，當火車接近神靈樹的時候，千面虎哭了；因爲，他看見神靈樹上掛滿了「紅彩帶」。

千面虎感激的說：「感謝家鄉的人們，都能原諒我犯過的錯誤，並且用寬恕與包容的心歡迎我回到家鄉。」

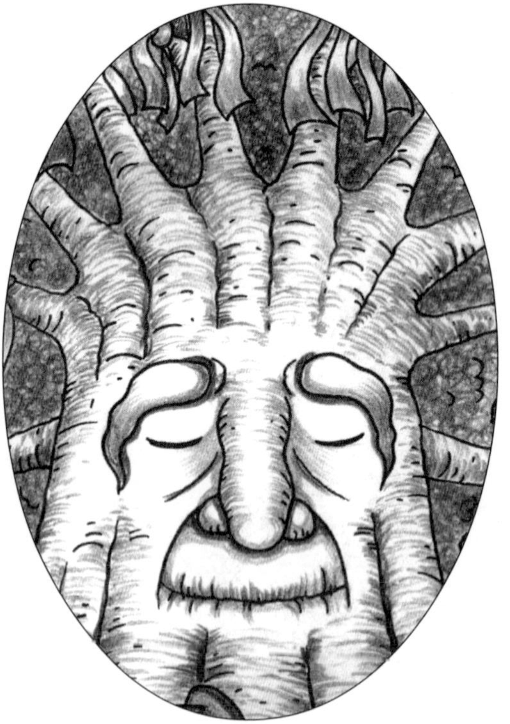

給小朋友的貼心話

小朋友！你曾經做錯事而被師長懲罰嗎？其實，做錯事並不可怕，最可怕的是做錯事之後，不肯承認、不願改過。

你做錯事之後，一定希望得到原諒，如果是別人做錯事，你會原諒他嗎？

大(ㄉㄚˋ)樹(ㄕㄨˋ)倒(ㄉㄠˇ)了(˙ㄌㄜ)

翡翠森林中的大樹都有百年以上的高齡，其中有棵千年的「神樹」長得非常粗壯而且茂盛，狂風暴雨也無法讓神樹動搖。小樹「嘟嘟」就長在神樹下，接受著神樹庇護，安安穩穩的成長著，圍繞在一旁的大樹們都很羨慕他。

有一棵大樹忌妒的說：「我也要跟嘟嘟一樣的位置，不用曬太陽，也不會淋到雨，更不會被啄木鳥叩叩叩，在我身上用力鑿洞。吵死了！」

啄木鳥不以爲然的說：「我是

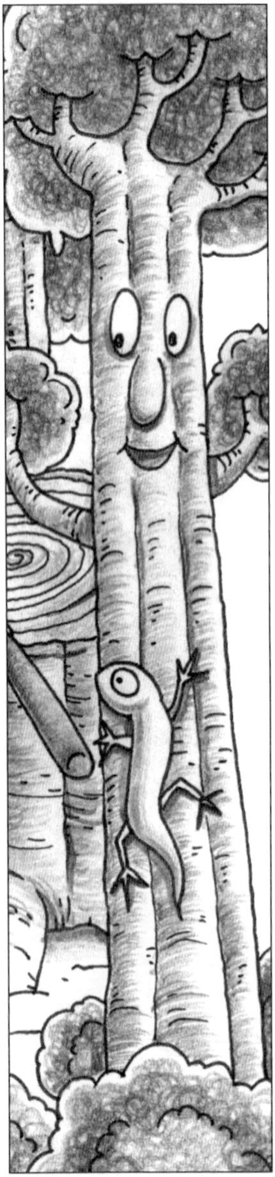

醫生耶！幫你清除身上的害蟲，還嫌我吵，眞不知好歹！」

松鼠從另外一棵樹跳過來：「既然大樹喜歡嘟嘟的位置，那就走過去啊！」

大樹苦笑著說：「如果我有腳可以走路，還用得著站在這裡訴苦嗎？」

神樹比了一個手勢：「你們抬頭看，我的樹蔭這麼茂盛，在我身邊有誰沒有受到庇護呀！」

有一天晚上，翡翠森林來了一群盜木者，看上神樹的粗壯。盜木者覺得神樹很有價值，便七手八腳的，不一會兒功夫就把神樹砍了。神樹旁的大樹看了都非常傷心，嘟嘟更是痛哭流涕，因爲再也沒有神樹可以遮蔽與保護他了。

嘟嘟哭哭啼啼：「沒有神樹保護，狂風暴雨一定會將我打倒，我長不大了啦！」

大樹們安慰嘟嘟：「沒有神樹的遮蔽，太陽可以看到你，

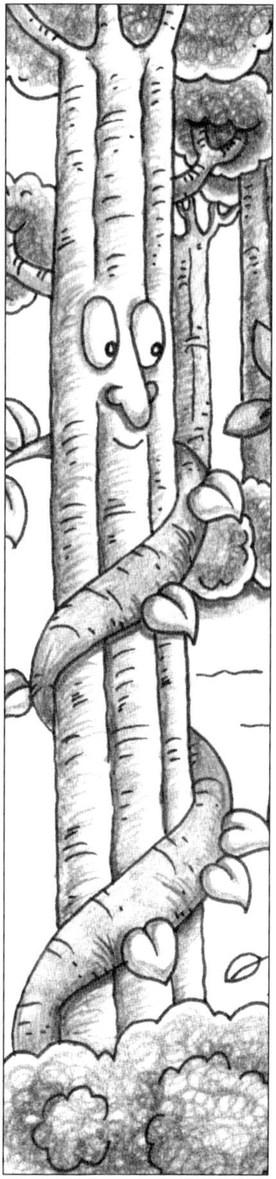

小雨可以和你握手。有了陽光與小雨的滋潤，就會長得茂盛而且茁壯。」

嘟嘟哽咽的說：「那我就不用再擔心害怕狂風暴雨了，對不對？」

「對呀！」大樹們異口同聲的回答。

夜晚漸漸退去，啄木鳥匆匆的從大樹身上的洞裡，探出頭大喊：「太陽出來了！太陽公公出來了！」

黎明的太陽被喊叫聲吸引後，看到了嘟嘟，開心的對他說：「小樹你好啊！很高興認識你！」嘟嘟也沒看過太陽公公，很害羞的低著頭笑了。

給小朋友的貼心話

「媽媽不在家，完蛋了啦！不會煮飯，也不會洗碗，更不會洗衣服！」唉呀！小朋友，你也在擔心自己長不大了嗎？

平常都是媽媽把家事做得好好的，讓我們過著舒適的生活，不知不覺間便養成我們依賴的習慣。所以，你平時也應該幫忙做點家事啊！

問題過濾器

在「尋夢谷」的森林裡住著一位老山羊，他非常聰明而且很有智慧，任何問題都很難問倒他。有一隻大嘴鳥，很喜歡小題大作，不管遇到什麼事或想到什麼問題，總會興奮的去煩老山羊。

有一天，大嘴鳥又嚷嚷著：「老山羊！我有問題……」

老山羊沒等他說完，就反問：「等一等！你把問題丟到『過濾器』過濾了嗎？」

大嘴鳥覺得奇怪：「問題要怎麼樣過濾？過濾器在哪裡？」

「過濾器在你的心裡，只要你在提出問題前，自己也能先想

一想，或找一些資料來參考，經過了這道過濾，提出來的問題一定更值得研究。」

大嘴鳥就按照老山羊教的方法，遇到問題先想一想，或找資料來參考；但是，他覺得很不習慣。

老山羊說：「開始學習使用新的方法一定會不習慣；但是，每個問題都先經過這樣探索，就會印象深刻。」

大嘴鳥似懂非懂，他拍拍翅膀：「如果經過過濾後還是有問題，我會再來問你呵！」說完就匆匆忙忙的飛走了。

給小朋友的貼心話

爲什麼？爲什麼？爲什麼？小朋友的「爲什麼」怎麼會那麼多？爲什麼會肚子餓？爲什麼會下雨？爲什麼要讀書？

你也有很多「爲什麼」嗎？那麼，要恭喜你已經開始學習自己思考了。

請問你會用什麼方式去找答案呢？當你自己從書上或其他參考資料找到答案時，是不是很高興呢？

比ㄅㄧˇ聰ㄘㄨㄥ明ㄇㄧㄥˊ

有一隻猴子覺得自己比老山羊聰明，就抓著一隻蝴蝶去找老山羊，想和他賭一賭，「看誰比較聰明？」

「老山羊！大家都說你是這裡最有智慧的人；那麼，我問你，我手中的蝴蝶是活的還是死的呢？」

猴子心裡盤算：「如果老山羊說是活的，我就掐死蝴蝶；如果說牠是死的，我就放手讓蝴蝶飛走。」

「孩子，蝴蝶在你的手中，你想讓牠如何，牠就會如何，

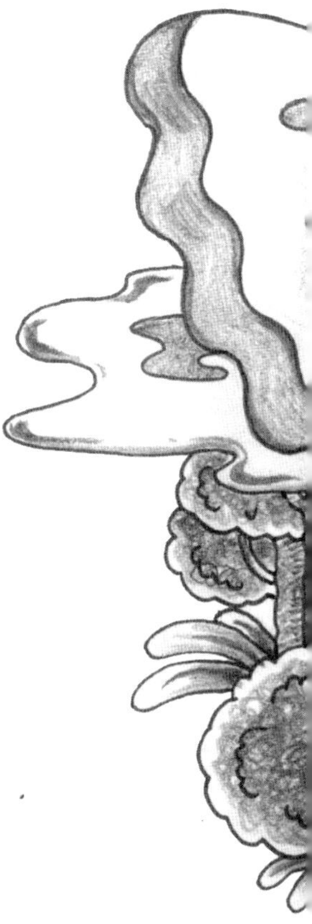

結果是由你決定的。我們不要拿蝴蝶的生命來打賭好嗎？」老山羊笑呵呵的說：「如果別人抓你來跟我打賭，你希望我回答什麼答案呢？」

猴子的詭計好像被識破了，他感覺很慚愧，就放了手中的蝴蝶。

給小朋友的貼心話

如果老山羊是老師、猴子是學生，學生有不懂的地方，當然可以請教老師。但是，像猴子一般存心考倒老師、讓老師難堪的心態，你覺得最後吃虧的是誰呢？

真富有

翡翠森林有一座高塔，高塔上住著一位很有錢的獅子。他雖然有錢，不過卻非常吝嗇，所以森林裡的動物們對他都沒有好感。因此，獅子交不到朋友，只有棉花羊願意理他。

有一天，獅子開著自己的名牌轎車出了車禍，棉花羊得知消息後就去高塔探視他。「還好你沒受傷！」看到獅子沒事，棉花羊就放心了。

「哼！我開的是名牌轎車，耐撞不會壞，怎麼會受傷！」獅子又向棉花羊訴苦：「我受傷的是『心』哪！一直以來爲什麼森林裡的人對我的態度非常惡劣。我眞是不懂耶，我那麼『富有』，他們應該對我很客氣才對呀？」

棉花羊說：「你有錢給自己蓋高塔，給自己買名牌轎車，給自己過好的生活，一切都是給自己最好的。不過，你有幫助過誰嗎？」獅子抓抓頭想了想，又搖了搖頭。

棉花羊接著問：「你想要很多好朋友嗎？」獅子點點頭表

示願意。

於是，棉花羊就請獅子走到窗戶旁邊，隔著玻璃窗往外面看看。棉花羊問：「你看到了什麼呢？」

獅子回答：「我看到大家都在翡翠池旁邊走來走去。」

棉花羊又帶著獅子走到房間的鏡子前面問：「你現在看到的又是什麼呢？」

獅子斜著眼疑惑的回答：「當然是看到我自己呀！」

棉花羊就告訴獅子：「一樣是透明玻璃，鏡子後面只是因爲塗了一層水

銀，而變成不透明。我們心中如果想到的只是金錢，就會像水銀覆蓋在玻璃上面一樣，只能看得到自己，完全看不到別人的需要，而變得高傲自大。」

獅子搖搖頭說：「能不能再說得明白一點？我不太懂耶！」

「一個人如果只活在自己的世界裡，當然沒有朋友。」棉花羊很有耐心的解釋：「別人沒有東西吃，我願意給他一些食物；沒有衣服穿，我願意給他衣服；別人需要鼓勵時，我願意說好話鼓勵他……。能夠像這樣和別人分享，才是真富有。」

獅子聽了之後恍然大悟，拉著棉花羊的手開心的說：「謝謝！我知道該怎麼做了。」

給小朋友的貼心話

孩子，你有凱蒂貓的書包、鉛筆盒、橡皮擦、還有著色筆，同學都好羨慕你！

不過，同學有需要時，如果你能把鉛筆和橡皮擦借給同學使用，或與同學一起用你的著色筆塗鴉，同學們一定很喜歡你；因爲你懂得與同學「分享」。

想想看，你曾經和別人分享什麼？

大(ㄉㄚˋ)書(ㄕㄨ)包(ㄅㄠ)

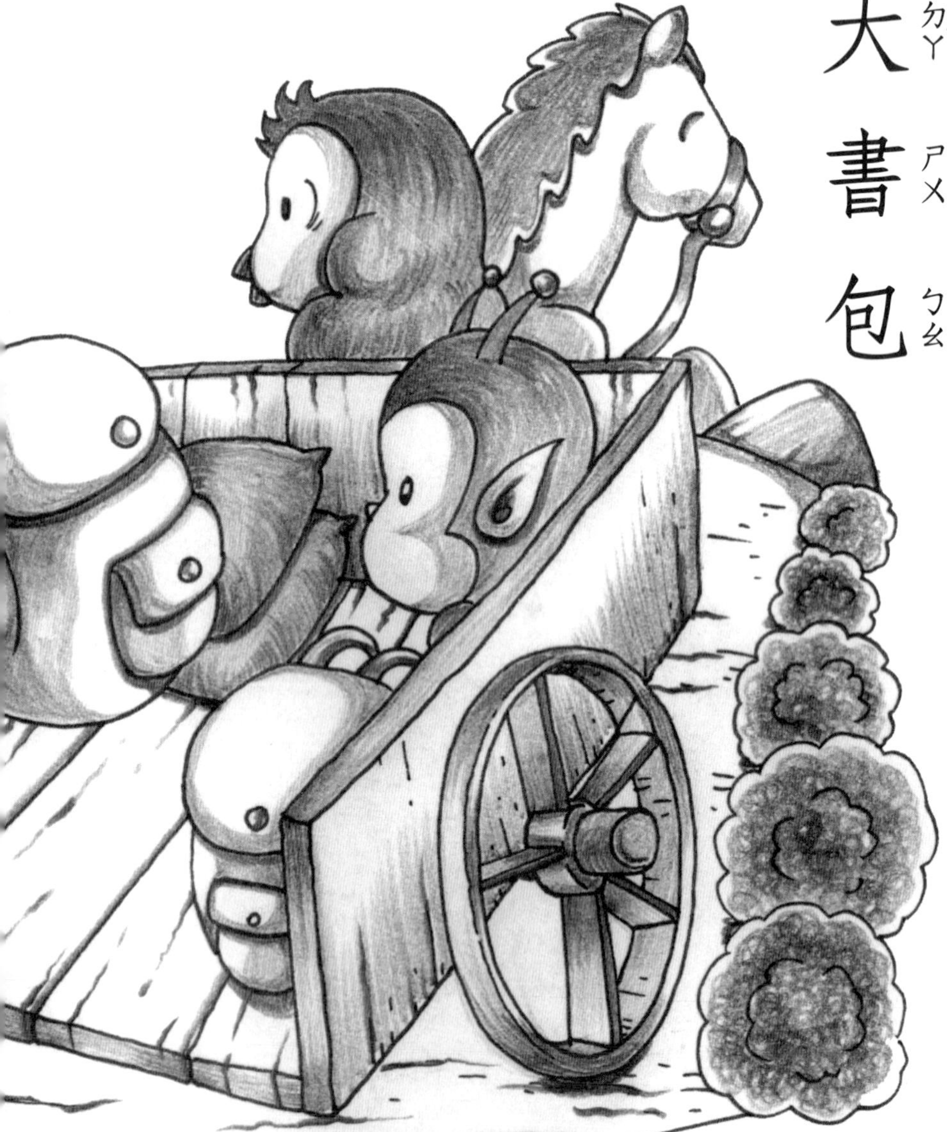

「噹！噹！噹！噹！」下課的鐘聲響起，精靈學校的擴音器廣播：「各位同學！學校明天就要開始放暑假了，暑假期間大家要注意活動安全，不要貪玩，要記得寫暑假作業，離開學校前，要把自己的東西都帶回家。祝大家暑假快樂！」

精靈學校因爲要放暑假，大家都必須把平常放在學校裡的

東西全部帶回家去。

小精靈「叮叮」與「噹噹」因爲平常都不整理自己的置物櫃，所以書包塞得滿滿的，變得好重好重。

叮叮說：「噹噹！你幫我拿一點好嗎？」

「怎麼幫呢？我自己的書包都快塞爆了！」噹噹聳聳肩，一副不知如何是好的樣子。

叮叮與噹噹背著大書包趕著要回家；拖著沉重的腳步，就像兩隻大烏龜。

「呼……呼……噹噹，我快走不動了」

「呼……叮叮！呼……呼……我也一樣，你就少說話，留點力氣走路吧！呼……」噹噹都快要喘不過氣了。

正好「企鵝馬伕」駕著馬車從他們身邊經過，看見小精靈氣喘吁吁的樣子，就對他們說：「你們兩個背著那麼大的書包走路，一定非常累吧？我載你們一程好了！」

叮叮與噹噹上氣不接下氣的說：「太好嘍！謝謝。」就興奮的跳上馬車。

叮叮上了馬車後就坐了下來，把大書包放在腳邊，鬆了一口氣說：「企鵝叔叔，你眞是個大好人。」

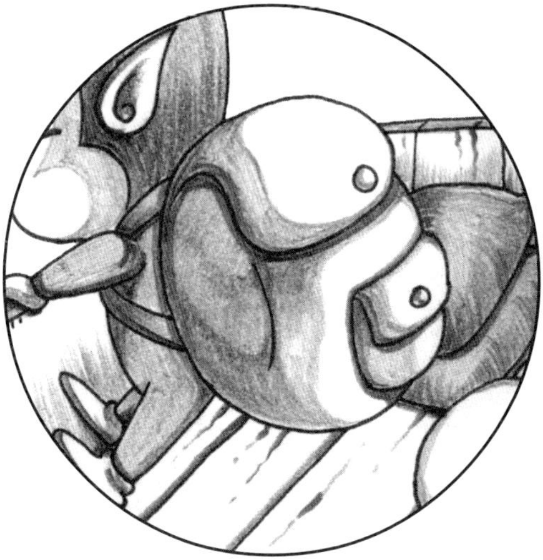

噹噹上了馬車後，依然背著大書包，戰戰兢兢的抓住馬車上的扶手站著，一句話也不說。

企鵝馬伕覺得很奇怪，就問噹噹：「你怎麼不把又重又大的書包放下來呢？」

噹噹說：「書包實在太重了，我怕放下來之後，馬車的負荷會太重，馬兒會走不動；所以，我還是自己背著好了。」

企鵝馬伕聽了就笑著說：「安心的放下來吧！馬兒不會走不動，這樣背著也不會幫到馬兒的忙。」

「眞的嗎？」噹噹這才慢慢的放下書包。

給小朋友的貼心話

噹噹擔心書包太重，馬兒走不動，是不是很能爲別人著想呢？

但是，爲什麼這樣幫不了馬兒的忙呢？

你曾有哪些體貼父母、老師或同學的做法呢？

珍珠

在「黃金海岸」的沙灘上，有一隻螃蟹遇到了一隻金色的蚌，金蚌非常痛苦的對螃蟹說：「有顆又重又硬的沙石在我的身體裡面，令我全身疼痛難過，簡直快要死了。」

螃蟹體貼的對金蚌說：「你忍受痛苦的辛

勞，一定會有美好的代價。」

說完後，螃蟹就走了。走著走著，又遇到了藍色的蚌，藍蚌正在快樂的吹泡泡。螃蟹就對藍蚌說：「你的朋友好像身體很不舒服，你要不要去看看他？」

藍蚌用譏諷的口氣笑著說：「我才沒那麼笨，把一塊又重又硬的沙石放在肚子裡面折磨自己。」

聽了藍蚌的話，螃蟹不以爲然的對藍蚌說：「金蚌的辛苦，將會爲他帶來一顆顆閃亮美麗的珍珠；至於你，得到的只是一些會消失的空氣泡泡罷了！」

金蚌孕育的珍珠成熟了，是一顆很大很大的珍珠，透出銀色光澤，黃金海岸的遊客都鼓掌說：「好漂亮呵！」大家都爭著要高價收購。

藍蚌在一旁喊著：「大家看看我呀！我吹的泡泡很好看呢！」但是，不管藍蚌怎麼呼喊，都沒人注意到他。

給小朋友的貼心話

小朋友！你喜歡當金蚌還是藍蚌呢？不同的付出，就會有不同的結果呵！

下大雨

在「尋夢谷」的森林裡，住著一位好脾氣的「虎王」；虎王的太太「虎姑婆」，脾氣卻好兇好兇。

有一天下午，尋夢谷的天空景象異常、烏雲密布；而虎姑婆的心情就像天氣一樣陰沉沉。「老天爺！到底要不要下雨呀？害我洗好的衣服，不知道該不該晾乾！」說完，居然轉身去找虎王發脾氣。

虎王在地毯上放著一張舒服的沙發，正悠哉的坐在沙發上看報紙。虎姑婆見到虎王，劈頭就罵，罵得好兇好兇，就像打

雷一樣！

虎姑婆看虎王一點反應都沒有，更加生氣，就氣沖沖的跑到浴室去，提了一桶水出來，往虎王的頭上倒了下去！

虎王終於有了反應：「我就知道！一陣打雷聲之後，一定會有一場傾盆大雨從天而降。」虎姑婆聽了覺得好笑，怒氣就這麼煙消雲散。

給小朋友的貼心話

小朋友，你喜歡虎姑婆的脾氣嗎？如果你像虎姑婆一樣，別人會喜歡你嗎？

虎王是不是很有智慧、很幽默呢？許多人與人之間的衝突，其實都可以用幽默化解。

種子

在翡翠森林裡的花園大使「花仙子」，負責整個森林所有花卉播種的工作，每一年的春天，花仙子都要帶著種子，忙著到處去播種。

在暴風城裡有一座又大又漂亮的

花園，花仙子覺得這裡是花兒成長的好環境，就丟了一顆小種子在花園裡。

這顆小種子被花仙子丟在百花爭艷的花園中，等待萌芽，準備開花。他天天望著各種花兒的風采，不斷夢想自己的未來要像哪一種花才好。

「百合花雖然清新脫俗，但是像支喇叭。」

「牽牛花雖然生氣蓬勃，但是到處亂爬，好像沒骨頭。」

「玫瑰花雖然芬芳美麗，但是帶著尖尖的刺，過度保護自己。」

小種子想來想去：「唉！到底像什麼花才好呢？」

時間一天一天過去，百花爭艷的「花卉時裝展」也結束了，花兒們都換下了美麗的衣裳，但是都沒有看到小種子萌芽成長。

等花仙子再回花園時，見到小種子已經奄奄一息。他不忍的問：「你怎麼會這樣呢？」

小種子用很微弱的氣息回答：「我一直在想要像什麼花才好，想到昏頭昏腦，錯過了萌芽的機會。」說完，便閉上了眼睛……

「爲什麼要像別人呢？只要扮演好自己的角色就好了呀！」最後，花仙子鏟起一把土，埋葬了小種子。

給小朋友的貼心話

小朋友，你長大之後想當什麼樣的人呢？科學家？藝術家？還是企業家呢？

如果你立定了志向，千萬不要和小種子一樣，三心二意呵！要一心一意的扮演好自己的角色才會成功。加油！

和影子賽跑

太陽谷每天都是晴空萬里、艷陽高照的好天氣。有一隻跑步飛快的小羚羊「玲玲」，正在和自己的影子賽跑。一會兒穿越大草原，一會兒跨越長長的小溪；忽而跳上岩石，忽而衝下山谷；可是，不管玲玲跑多快、跳多高，就是無法超過自己的影子。儘管跑得滿頭大汗、筋疲力盡，影子就是在她前面。

玲玲只好跑去找爸爸幫忙。她上氣不接下氣、氣喘吁吁的說：「爸爸！你能不能教我怎麼跑在影子的前面呢？」

爸爸微笑的對她說：「非常簡單呀！只要你面對著太陽跑，你就能贏他了！」

玲玲聽了之後，懷疑的問：「眞的那麼簡單嗎？剛才還跑了半天，累死我了。」

爸爸笑著說：「哈哈！玲玲妳就試試看吧！」

玲玲就照著爸爸的話，轉身面對太陽向前跑。

「眞的耶！影子乖乖的跟在我後面了。」玲玲頑皮的回頭對著影子說：「哈哈！影子呀影子！我現在用走的都能贏你了！」

給小朋友的貼心話

玲玲沒有用心觀察影子如何產生，才會有這樣令人覺得天真的行爲。

在生活中有很多事情，只要用心觀察一下，就可以找到解決事情的方法。小朋友，你是不是也注意到了呢？

貪吃的猴子

在「清靜農場」裡有一隻猴子非常機靈，常常到果園偷吃水果，令農夫心生厭惡。

「把水果吃完就算了，有的水果才咬一口就丟掉，簡直拿我們的辛勞開玩笑！」一位果農望著被丟一地的水果發牢騷。

另一位農夫說：「水果被咬一口算什麼！我上次抓牠的時候，手臂被牠咬了一口，結果還是讓牠逃了。牠不只咬水果，還會咬人呢！」

果農因爲抓不到猴子，眉頭皺得可以抓蚊子。

有一天，果農想到了一個方法：他在果園中放了一個箱

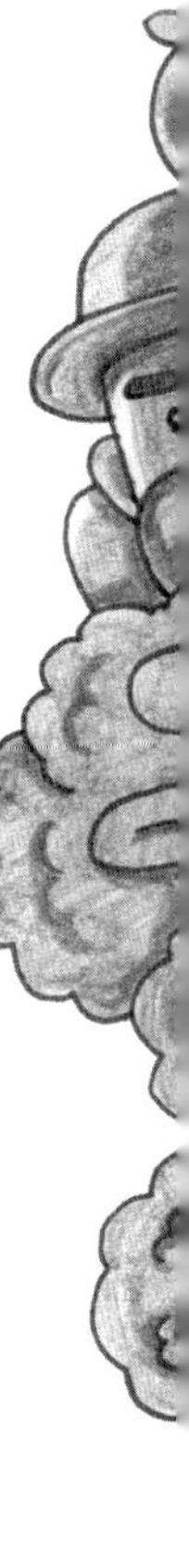

子，裡面裝著滿滿的水果，箱子上有一個大大的開口。

猴子發現了箱子：「哈哈！超級笨的農夫，不知道箱子上破了一個大洞嗎？」猴子洋洋得意，就從農夫做的箱子口伸手進去拿水果吃。「太棒了！不用東奔西跑，就能吃到各式各樣的水果。」猴子吃得津津有味。

隔了幾天，農夫又在果園中放了一個箱子，裡面放的都是猴子最愛吃的水果。在箱子上面，一樣有一個開口，只不過比起上次的小多了。

猴子發現了箱子：「哈哈！超級笨的農夫，以爲把箱子口變小，我就拿不到。」猴子一邊說，一邊伸手進去拿水果。

猴子摸到了香蕉，又摸到了橘子，他高興的說：「都是我愛吃的水果，一定要吃個夠！」

猴子抓住水果，「一、二；一、二……」不管他怎麼用力拉，水果就是不肯出來。

「怎麼會拿不出來呢？」猴子試過一次又一次，口水流了好幾尺，仍然只能摸得到，卻吃不到。

猴子越來越急：「都是我最愛吃的

水果，怎麼可以輕易放過呢？」猴子一次又一次的告訴自己：「不能放、不能放！」口水流了好幾丈。

經過了一天一夜，猴子又餓又累的昏睡在箱子上面；於是，果農就輕輕鬆鬆的把猴子抓起來了。

給小朋友的貼心話

如果別人也偷偷拿走你的東西，你會著急嗎？你會想要找回來嗎？

千萬不要以爲會有不勞而獲的事；你若是拿走別人辛苦努力的成果，主人一定會想把它找回來。

迷(ㄇㄧˊ)路(ㄌㄨˋ)

翡翠森林裡，有一隻很愛登山的猴子「可可」。他很驕傲的對兔子「敏敏」說：「我爬遍了翡翠森林的山頭，覺得一點挑戰性都沒有。我要離開翡翠森林，去征服更多山頭！」敏敏不甘示弱的騙他說：「我早就這樣做了，你現在才決定嗎？」

可可聽了很不服氣，兩人就不歡而散了。

過了一個禮拜，可可和敏敏因鬥氣而沒有見面，可可就偷偷的跑到「月光林地」的森林裡去登山。可可心想：「一定要

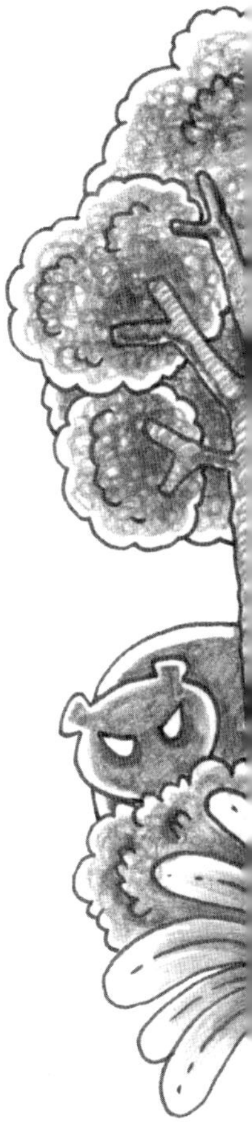

證明我的實力給敏敏好看，才不會讓他一直囂張下去！」於是，可可就一直往森林深處衝了進去。

在森林裡走了一天，到了晚上，可可突然發現不對勁，抓抓頭說：「這裡的景象，怎麼好像來過一樣？」又走了一會兒，「怎麼看起來都很像？糟了！我是不是迷路了？」可可緊張的說。

由於可可是第一次來月光林地，不熟悉這裡的環境，他眞

的在森林裡迷路了。正在擔心的尋找出口的時候，剛好一隻狐狸經過。

「我叫可可，是從翡翠森林來的。我迷路了，求求你幫幫忙，帶我離開森林好嗎？」可可誠懇的請求狐狸幫助。

狐狸很熱心的回答：「你是外地人，一定不熟悉這裡的路；而且，森林裡到了晚上，會有很可怕的怪獸出現覓食。我不能見死不救，你跟我走吧！」

可可聽到晚上有怪物出現，又見太陽就快下山，嚇得連聲說：「好啊！好

啊！拜託你了！」就趕緊跟著狐狸走了。

太陽下山了，草叢裡傳來窸窸窣窣的聲音，聽起來令人全身發毛。走著、走著，狐狸將可可帶到一處岩壁的洞口。狐狸對可可說：「你在這裡等我一下，天色暗了，我進去幫你向洞主借宿一晚。」

可可點點頭，非常感激狐狸。

狐狸進洞之後，可可很好奇洞裡的主人是誰，就偷偷的跑到洞口察看。隱隱約約的聽到狐狸說：「熊老大，我幫你帶來了晚餐，就當作是償還以前我欠你的賭債吧！」

可可一聽，拔腿就跑，在「伸手不見五指」的夜裡，連滾帶爬的拚命跑。一不小心就從山坡上滾下山谷，昏睡在山谷裡面，到隔天下午才醒來。

可可為了尋找出口受盡了煎熬，被碎石和雜草割得遍體鱗傷。正感到失望落寞的時候，終於遇到了一隻兔子，可可興奮的衝向前擁抱兔子，非常激動的哭著說：「謝天謝地！我已經在森林裡迷路了三天。拜託你帶我出去好嗎？」

兔子回答說：「可可！看清楚我是誰！」

「敏敏！怎麼會是你！」可可驚訝的說：「你是來找我的嗎？你想念我對不對？太好了！我得救了！」

「你少臭美，我不會想你，也不是來找你！」敏敏面無表情的告訴他：「你也別高興得太早，其實我已經困在這裡五天了，也在尋找出口呢！」

可可一聽，好像孫悟空突然從筋斗雲掉到地上，眼前一片黑暗，在心裡不斷吶喊：「慘、慘、慘……」

今晚的月亮好像存心整人，居然躲在烏雲後面；森林的草叢裡不斷傳出窸窸窣窣的聲音，聽起來令人全身發毛；同時，森林裡也傳出了嚎啕大哭的聲音……

給小朋友的貼心話

森林的景物都很像，如果你去登山，有什麼方法可以分辨呢？

想去哪裡玩都應該事先跟爸爸或媽媽商量，如果臨時要去玩，也要打電話回去告知，因爲爸爸媽媽一定會擔心你的安危。

劈柴

ㄆㄧ ㄔㄞˊ

有一隻大猩猩「阿雄」在「蠻牛伐木場」當伐木工。阿雄工作非常認眞，但是不知道什麼原因，工作的效率越來越差，而被認爲是在偷懶，就被蠻牛伐木場開除了。

於是，阿雄就到「東谷伐木場」去應徵。獅子領班看了阿雄魁梧的身材，非常滿意，就錄用了他。

因爲工廠急著要出貨，大家都在忙著劈柴。領班覺得阿雄是新來的，應該多關心他。獅子來到阿雄的工作崗位，看到阿雄汗流浹背，撒了一地的木頭，好像很努力工作。

領班問：「阿雄呀！你劈完多少木柴？」

阿雄不好意思的說：「一根。」

領班聽了嚇一跳說：「開工很久了，你怎麼才劈完一根木柴？你是不是偷懶呀？」

「領班，我沒有偷懶，請再給我表現的機會。」阿雄喘吁吁的說：「這些木頭簡直跟石頭一樣硬，我用盡力氣，劈了又劈，都劈不開，快累死我了！」

領班看一看那些劈不開的木頭後，隨手拿起阿雄手上的斧頭，使勁一劈，木頭並沒有分成兩半。

「唉呀！這樣的斧頭當然不能用！」領班摸著斧頭對阿雄

說：「這把斧頭用了很久，都沒有磨過吧？」

「斧頭也需要磨呵？難怪我努力半天，還被人家以爲我在偷懶。」阿雄恍然大悟：「我上一個工作就是這樣被開除的。」

「要有好的工具，工作才能更順利。」於是，領班就帶著阿雄到河邊教他磨斧頭的正確方法。

斧頭磨好了，阿雄驚訝的說：「斧頭變得又利又亮，就像剛買的時候一樣。」

阿雄變得非常有自信，就像劈

柴超人。阿雄拿著磨好的斧頭，「一、二、劈！」，輕輕鬆鬆就把木頭劈開。不一會兒功夫，就趕上了進度。

獅子領班很滿意的說：「你劈柴又準又快，眞是一個不可多得的人才。」

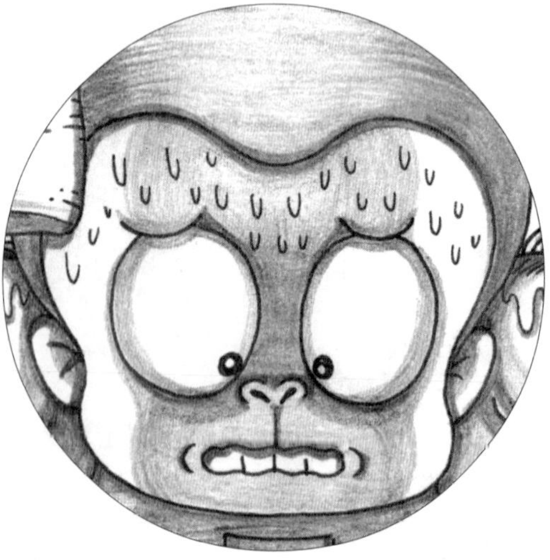

給小朋友的貼心話

如果，你要打棒球，隨便拿一根木頭當作球棒，可以把棒球打好嗎？

「工欲善其事，必先利其器。」小朋友，要做任何事情之前，一定要準備好工具，才能把事情做得又快又好！

頑皮的猩猩

翡翠森林有一隻小猩猩「丹丹」非常頑皮，喜歡到處去遊戲。有一天，因爲賴床被媽媽念了幾句，就跟媽媽賭氣：「眞是囉唆！我要離家出走。」

丹丹離家之後，就跑去找猴子「可可」。

「森林裡最近闖入一群獵人，一定不安好心，不如我們一起去偷他們的獵具。」喜歡惡作劇的可可說：「如果能得手，我們就變成翡翠森林的英雄了！」

丹丹覺得很有意義，就舉雙手贊成。

丹丹與可可想像自己是「忍者」，在樹叢裡穿梭。

忽然「喀嚓」一聲，接著就聽到丹丹的慘叫：「好痛啊！」

可可緊張的說：「糟了！你掉到獵人的陷阱裡了！」

丹丹被陷阱的細鐵線纏住了腰部，越掙扎就纏得越緊。

「吱！吱！吱！」丹丹疼痛的叫著！

丹丹的哀嚎，已經被獵人聽到。「快！快！快！抓到東西了！」獵人一邊喊，一邊衝向丹丹。

可可聽到獵人的聲音，就匆忙的逃走了，留下丹丹被獵人抓走。

暴風城有一個高中生「阿福」，很喜歡養寵物。有一天早上，他在暴風城的寵物街，看到一隻很溫馴的小猩猩。他覺得：「這隻猩猩，看起來很乖，不愛調皮搗蛋。」

阿福就用打工存下來的錢，將小猩猩「丹丹」買回家當寵物。

當天晚上，阿福發覺，每次抱住丹丹的腰部丹丹就難過得吱吱

叫。

「奇怪！你到底怎麼了？」阿福就輕輕的將丹丹腰部的毛掀開來看。

「怎麼會這樣？」阿福發現丹丹的腰上，被緊緊纏了一圈細鐵線，而且把皮膚都磨破了。

驚訝之餘，阿福儘快的找了尖嘴鉗和小剪刀，小心翼翼的將細鐵線剪斷，並且輕輕的用藥物塗在傷口上包紮起來。在護理的過程中，丹丹也出乎意料的安靜，好像已經等待這一刻很久了！

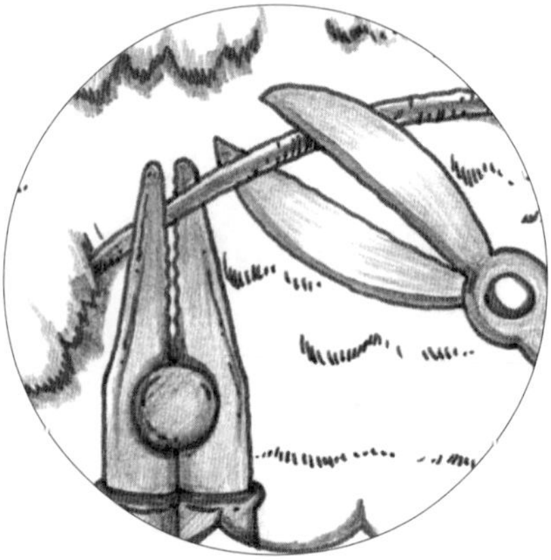

傷口包紮完成後，丹丹竟然激動得手舞足蹈，甚至跳到阿福身上緊緊的抱著他。

「原來你也跟其他猩猩一樣調皮呀！」阿福又驚訝又疼惜的說：「你一定是太頑皮，才會被人家修理。」

阿福與丹丹相處了一段時間，丹丹的傷口也因爲阿福的細心護理而痊癒。阿福發現，丹丹好像並沒有因傷口痊癒變得快樂，反而覺得丹丹好像有心事的樣子。

阿福要考大學，沒有時間照顧丹

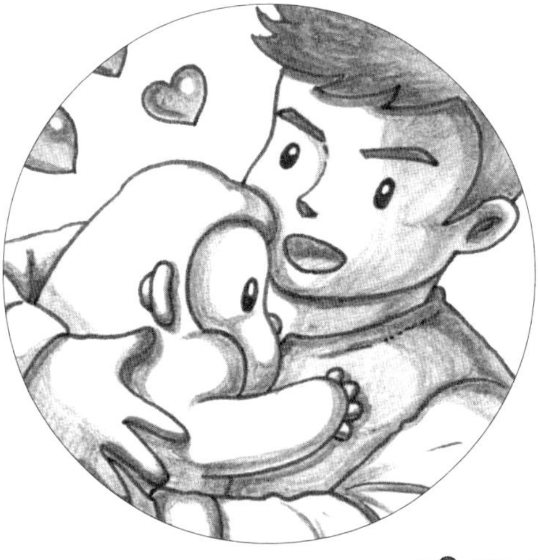

丹，就請媽媽幫忙照顧丹丹；但是，媽媽建議：「你還是把猴子送到翡翠森林，讓他回到大自然的懷抱比較好。」

隔天早上，阿福就騎著自行車，載著丹丹前往翡翠森林。沿路不斷叮嚀：「要小心呵！」

到了翡翠森林的「神靈樹」前，阿福看見樹上有好幾隻猩猩，還有一隻猴子，好像都在迎接丹丹；於是，阿福就在這兒放下丹丹。丹丹對阿福點點頭，轉身就爬上了神靈樹。

「丹丹！我以爲你回不來了！」可可上前抱住丹丹。

丹丹低著頭對媽媽說：「我不應該嫌媽媽囉唆，又離家出走；從現在起，我會做個聽話的乖小孩。」

給小朋友的貼心話

丹丹嫌媽媽嘮叨，就離家出走，眞是不應該！更不該因好奇，而拿自己的生命去冒險。

小朋友，你也會像故事中的阿福哥哥，這樣細心的照顧小動物嗎？

白衣服

虎姑婆和狐狸媽是住在尋夢谷的鄰居。狐狸媽是個積極勤勞的人，而虎姑婆則是一位喜歡說人長短、嫌東嫌西而且懶惰的人。

有一天中午，狐狸媽在洗衣服的時候，洗衣機突然故障，發出了「嘎！嘎！嘎！」的聲音。隨後就聽到虎姑婆大罵：「是誰那麼沒有公德心啊！製造那麼大的噪音吵死人了，能不能安靜一點！」

虎姑婆的不滿，狐狸媽都聽見了。她說：「洗衣機壞了我也沒辦法，我又不是故意的，妳何必大吼大叫？」

「哼！妳那部破洗衣機，早該丟掉了啦！」虎姑婆比了一個手勢。

「洗衣機壞了可以修，爲什麼要丟掉？都不知道要惜福做環保。」狐狸媽義正辭嚴的教訓虎姑婆。

就這樣你一言、我一語，兩人大吵了起來。

棉花羊聽到吵架聲，就趕來看看。這時，虎姑婆正透過客廳的窗子，看到狐狸媽家的陽台上曬著幾件白衣服，白衣服上沾滿了很明顯的黑點。

「不是我愛講，你自己從這裡看看！」虎姑婆搖搖頭，說：「狐狸媽連衣服也洗不乾淨，留下一點一點的斑點，還敢批評我懶惰，放著家事都不做。」

棉花羊打開窗户，看個清楚。「奇怪！衣服白帥帥，哪來的污點呢？」棉花羊看了看，就對虎姑婆說：「請妳拿一條抹布來。」

「要抹布做什麼？你要幫我擦桌椅嗎？」虎姑婆從抽屜裡拿出一條新抹布。

「我們來玩一個遊戲，妳只要照我的口令念一遍，再跟著做動作就可以了。」棉花羊開始發號施令：「請妳先把右邊窗户擦一擦！」

「我會先把右邊窗户擦一擦。」虎姑婆拿起抹布用力擦。

「請從右邊窗户看出去。」

「我會從右邊窗户看出去。」虎姑婆望了望。

「看到的衣服乾淨嗎？」

虎姑婆回答：「我看到的衣服很乾淨。」

「請從左邊的窗户看出去。」

「我會從左邊的窗户看出去。」虎姑婆站到左邊窗户，向外望了望。

「看到的衣服乾淨嗎？」

「我看到的衣服很骯髒。」虎姑婆誠實回答。

「那麼，是衣服髒？還是窗户髒？」

「我知道了，是我的窗户髒。」虎姑婆拿起抹布，把窗户通通擦得乾乾淨淨。

給小朋友的貼心話

　　看到別人的缺點，我們不應該惡意的批評，而是應該善意的提醒他。

　　當別人願意告訴我們缺點時，應該虛心的接受，而不是找藉口推拖。

　　當看到別人的優點時，應該讚美與學習，千萬不能因妒忌，而故意去毀謗呵！

煎魚

有一天下午，貓爸爸在「翡翠湖」裡釣到了一條魚，開心的把魚帶回去給貓媽咪煎來當晚餐。

小花貓看到貓媽咪拿起一個大大的煎鍋，準備煎魚。魚皮上有許多鱗片，貓媽咪先把鱗片刮除，並且清潔魚兒的肚子，再把魚兒平放在砧板上，拿起菜刀切成兩段，等一段煎熟了，再煎另外一段。

小花貓好奇的問貓媽咪：「一條魚爲什麼要切成兩段分開煎呢？」

貓媽咪笑著說：「我從小看貓婆婆煎魚，也是這樣子做呀！不會錯的。」

「婆婆沒有告訴您，爲什麼要這樣做嗎？」小花貓進一步追問。

晚餐後，貓媽咪趕緊跑回娘家。「媽媽！一條魚爲什麼要切成兩段，分開煎呢？」

貓婆婆笑著回答：「以前家裡窮，只能買得起小鍋子來用；因爲鍋子太小，一條魚根本放不下，所以必須分成兩段。現在的鍋子比以前大得多，已經可以一次完成。」

「原來是這樣啊！都怪我不問清楚，以爲跟著人家做，就不會有錯。幸好小花貓提醒我！」貓媽咪恍然大悟。

回到家裡，她拍拍小花貓，稱讚說：「小花貓好棒呵！」

給小朋友的貼心話

有時，有一些做事的方法，不是一味的跟著學習就是對的。雖然方法並不是錯的，但我們可以試著想出更好、更方便的辦法，讓事情做得更多、更快。

想想看，你曾經有哪些事因爲改變不對的觀念、或改進做事的方法，而獲得更好的成果？

腳ㄐㄧㄠˇ印ㄧㄣˋ

終年覆蓋在冰雪當中的「冰原鎮」上，有一隻愛喝酒的企鵝爸爸，每天都會一個人到鎮上的小酒吧喝酒。他有一個小孩叫「嘟嘟」，正在學走路，還有些搖搖晃晃、跌跌撞撞。

企鵝爸爸常常扶著嘟嘟的雙手教他走路。「嘟嘟，你有沒有看到雪地上的腳印？你只要照著爸爸的腳印一步一步的走，就可以學會走路嘍！」爸爸走一步，嘟嘟就跟著跨出一步。

隔天，企鵝爸爸跟往常一樣，自己一個人要到小酒吧喝酒。在到酒吧的路上，會經過幾個沒有紅綠燈的十字路口，通過馬路的時候都要小心翼翼，注意來往車輛，才能安全通過。

企鵝爸爸在經過十字路口的時候，遇到了「海狗馬伕」坐在高高的馬車上，向企鵝爸爸打招呼：「又要到酒吧啦！唷！真難得，還有同伴呢！」

企鵝爸爸聽了覺得很納悶，心想：「我是一個人呀？難道

是海狗想惡作劇？」回頭一看，只看見嘟嘟跟隨爸爸的腳印，搖搖晃晃的走過來。

「你怎麼跟著爸爸出來呢？」企鵝爸爸很驚訝。

「我會跟著爸爸的腳印走呀！爸爸去哪裡，我也會去哪裡。」

企鵝爸爸聽了之後，大吃一驚：「父母的一舉一動，都是孩子學習的榜樣，我怎麼可以帶孩子去酒吧呢？」

於是，他就對嘟嘟說：「你走得眞好，我們回家吧！」

在回家的路上，他們又遇見海狗馬伕。

「今天不去酒吧啦？這麼早就要回家，我載你們一程！」

海狗馬伕邀請企鵝爸爸：「晚一點兒到我家，我有一瓶好酒，陪我喝兩杯。」

企鵝爸爸揮揮手說：「戒了！戒了！以後不喝酒了！」從此以後，企鵝爸爸不再去酒吧，也不再喝酒了。

給小朋友的貼心話

孩子們，爸爸、媽媽，常常是你模仿學習的對象。

爸爸會喝酒，你會勸爸爸不要喝嗎？

媽媽會抽煙，你會勸媽媽不要抽煙嗎？

你學習了哪些爸爸、媽媽的好榜樣？

豪華快艇

翡翠海灣有一天來了一位很有錢的觀光客，他叫金錢豹。金錢豹爲了炫耀自己的財富，常常開著豪華快艇出遊，羨煞了許多遊客。

他的快艇來到翡翠海灣，緩緩的停靠在岸邊。

「哇！好炫的快艇啊！」在岸邊停泊的小艇遊客，都用羨慕的眼神看著這艘豪華快艇。

金錢豹覺得很神氣，對著小艇的遊客說：「喜歡嗎？你們慢慢看，我正要去小艇餐廳吃個豪華晚餐呢！」話才說完，周圍的小艇就陸陸續續的駛離岸邊。

金錢豹是第一次到翡翠海灣，不瞭解海灣潮汐的時間。當金錢豹吃完飯回到了岸邊，只見豪華快艇擱淺在沙灘上。他焦急的東奔西跑，「天啊！」金錢豹不知道該如何是好，岸邊的遊客都沒人理他。

「喂！快來幫我把豪華快艇推

到海裡！」金錢豹用命令的口氣大喊：「我有的是錢！」

有一個漁夫走到金錢豹的面前說：「你給我錢，我就可以幫你把船安安穩穩的送到海裡去。」

漁夫拿了錢後，只是靜靜的看著大海。金錢豹急得跳起來：「你已經拿了我的錢，爲什麼不實現諾言？」

漁夫笑著說：「別急、別急！先把心情放輕鬆，看海十分鐘。」

眼看漁夫不理不睬，金錢豹氣急敗壞；但是，他仍對漁夫存著一絲絲期待。

十分鐘後，正是翡翠海灣漲潮的時間；海水慢慢的漲回來，豪華快艇也緩緩的回到海中。

漁夫說：「船已經重回海中，我的任務也算圓滿達成，請問我可以離開嗎？」

「雖然你沒有出力，就賺了我的錢，我心裡有一點不甘願；但是，只怪我自己愛炫，出門前又沒有充分利用各項旅遊資訊，才會有今天的下場。謝謝你陪我到現在，再見！」金錢豹揮揮手跳上快艇，航向下一個地點。

給小朋友的貼心話

你去郊遊或旅行前，知道要做哪些準備嗎？

你會像金錢豹那樣，因爲有錢就態度傲慢、炫耀自己買的東西嗎？

有錢，更要懂得珍惜這分福報，不可拿來炫耀。

月 ㄩㄝˋ
井 ㄐㄧㄥˇ

月井

翡翠森林的山上有一口「月井」，森林裡的居民都飲用月井的井水。

居民在井口的上方架著一具「手搖取水器」；當轉動旋轉軸時，纏繞在旋轉軸上的繩子和綁在繩子下端的水桶，就會緩緩的降入井裡汲取井水。月井旁還架設著水塔，連接通往家家户户的輸水管，讓居民都能喝到月井的水。

月井裡的水非常甘甜，大家都不知道爲什麼？

水精靈「叮叮」與「噹噹」負責月井的守護與取水的工作。他們每天都必須把水桶丟到月井裡，讓水桶裝滿水後，再合力轉動井口上的旋轉軸，捲起長長的繩子吊起綁住的水桶。再將水桶裡的水倒進水塔裡，輸送到翡翠森林裡的每個住戶家中。

有一天，叮叮看到噹噹悶悶不樂的樣子，就關心的問：

「你有什麼不愉快的事情，可以告訴我嗎？」

「我們每天把水桶放入井裡取水，再倒入水塔中；一次又

一次重複的做，好無趣呵！」噹噹又把水桶放入井裡。

叮叮說：「我覺得水桶最可憐。我們一下子要他裝水，一下子又把水倒掉，水桶一定會抱怨。」

水桶笑著說：「我的想法正好跟你們相反，不但不會抱怨，還很開心呢！」

噹噹問：「有什麼好開心的呢？」

「當然開心嘍！你想想看，翡翠森林裡除了我之外，還有誰能進入月井裡？而且空手進去，滿載而

歸。」水桶很高興的說：「我每天用快樂、甜美的心情來裝水，水也會充滿快樂、甜美；再分享給所有的居民，讓他們能感受快樂、甜美，這是件多麼美好的事情呀！」

叮叮與噹噹異口同聲的說：「難怪月井的水，特別甘甜美味！」

給小朋友的貼心話

小朋友，你會像水桶一樣，用快樂、甜美的心情去面對事情嗎？

想想看，結果有什麼不同呢？

一百零一下

有一群夜精靈住在「月光林地」。月光林地的出入口，是一個狹小的隧道，這個隧道也是精靈外出工作的唯一通道。

在隧道對面的山坡上有一顆巨大的石頭，剛好正對著隧道口。由於巨石搖搖欲墜，好像輕輕一敲就會滾下來；精靈王很擔心哪一天巨石滾下來堵住了洞口，影響村民外出工作。

有一天，因爲強烈颱風來襲，巨石隨著土石流滾了下來，堵住了洞口，夜精靈們都被困在月光林地裡。

村子裡有個礦工「伍佰」，挖石採礦的功夫超厲害。但是，伍佰在幾天前已經到很遠的地方去挖礦了。

精靈王發出精靈的呼救聲，請伍佰趕快回來。伍佰回答：「我日夜趕路，最快也要三天才能回去。」

精靈王只好再去找其他人。但是，每一個去過的人都說：「巨石太硬了，就算在同一個地方敲上一百下也敲不碎。」

村民足足被困了三天，終於等到伍佰回來。

精靈王說：「巨石實在太硬了，在同一個地方敲上一百下也敲不碎。現在只有靠你了。」

伍佰拿起工具用力敲擊，「一、二、三、四、五、六、七」；他停下來看一看，巨石完全沒有一點兒碎裂的痕跡。伍佰不信沒有能力打破巨石。他拿起工具再敲一次；「一、二、三、四、五、六、七、八、九、十」，敲了十下，巨石仍然完好如初。

伍佰想到村民都被巨石擋住出路，他決不能遇到困難就放棄。因此他繼續敲十下、又十下……，總共敲了將近一百下。

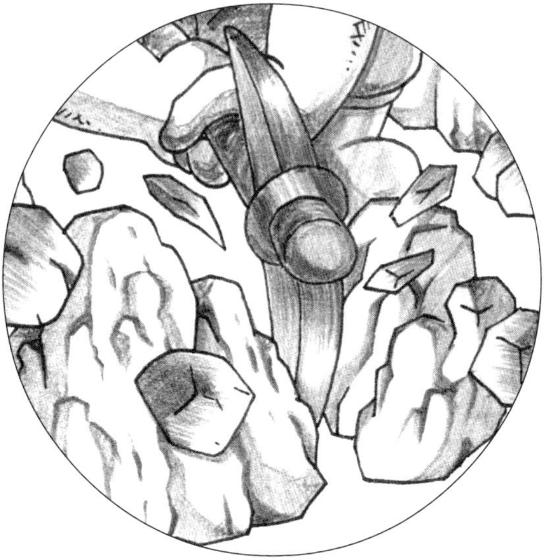

他已經感到筋疲力盡，也想過要放棄；但是他不斷告訴自己，再給自己一次機會，每敲一下，就想著下一次一定會敲碎。

就在第一百零一下時，巨石終於裂開了！

精靈王和村民，都非常感謝伍佰爲村民所作的付出，更佩服伍佰的耐心與毅力。因爲他們知道，雖然伍佰已經敲了一百下，如果不能堅持下去，直到敲破巨石，前面的努力都會成爲白費。

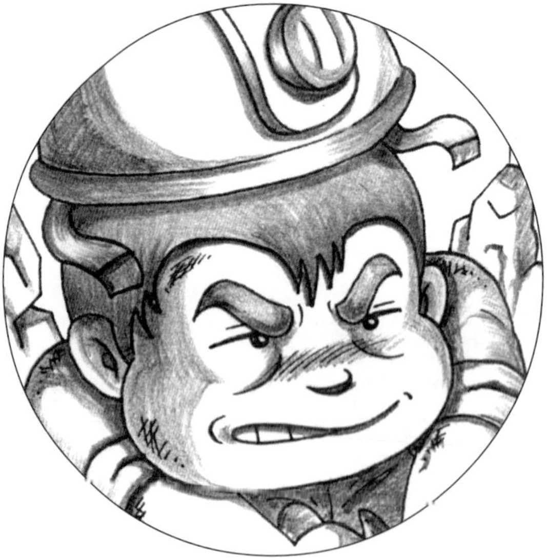

給小朋友的貼心話

小朋友，你是不是也很佩服伍佰的耐心與毅力呢？你是不是也想跟伍佰一樣，有這樣子的精神？想一想，有什麼事情，能考驗你的耐心與毅力呢？

古董花瓶

暴風城裡有一位老富翁，非常疼愛小孫子「凱凱」；但是，凱凱非常頑皮。

凱凱有多頑皮，家裡的小狗「滷蛋」最清楚。

有一次，凱凱拿了一個包子給滷蛋吃，害滷蛋拉肚子；因爲，凱凱在包子裡動手腳，塞入一把辣椒。

還有一次，凱凱拿了一個布袋，將滷蛋的頭套起來，害滷

蛋看不到路，掉進水池，差點淹死。

最痛的一次，是滷蛋的舌頭腫得像一條「大熱狗」，因爲凱凱藏了一個「捕鼠夾」在滷蛋的飼料盆裡。

最慘的一次，是滷蛋和花貓被關在一個鐵籠子裡，受到花貓的無情攻擊，在醫院躺了好幾天。凱凱的惡形惡狀，好像說不完。

有一天，凱凱抓了一把糖果，丟進古董花瓶裡，然後再伸手去抓花瓶裡的糖果；想不到，手居然拉不出來了。

凱凱緊張的哇哇大哭，全家人都不知道發生了什麼事？爸爸抓著花瓶、媽媽抱著孩子，一起用力拉，就是無法將凱凱的手從古董花瓶裡拉出來。

老富翁見小孫子一直嚎啕大哭，開始緊張起來；爲了保護凱凱的手，就要拿槌子把花瓶敲破。

爸爸驚訝的說：「這古董花瓶可是價值連城，不好敲破吧！」

老富翁生氣的說：「孫子的手重要，還是花瓶重要？」說完，老富翁就舉起槌子，將價值連城的花瓶敲破了。

凱凱不哭了，大家的表情也呆住了。只見凱凱手上抓了一大把糖果，他拆開透明包裝紙，將糖果一顆接一顆的往自己的嘴裡塞。

塞了滿嘴之後，還開心的對爺爺說：「爺爺你也來一顆吧！糖果真好吃！」

給小朋友的貼心話

小朋友，你會虐待小動物嗎？如果你也被別人虐待，你願意嗎？

小朋友，你有辦法不打破花瓶，就把凱凱的手拉出來嗎？

放ㄈㄤˋ牛ㄋㄧㄡˊ吃ㄔ草ㄘㄠˇ

暴風城的城外是一片綠油油的草原，有一條小河通過草原，將草原分成兩邊。兩邊的草長得並不平均，一邊茂盛，一邊稀疏；不過，還是經常有許多牛郎在草原上牧牛。

老王是一位經驗豐富的老牛郎。有一天，他載著一車牛奶要到暴風城販賣。

他來到了城外的草原，看見四個小朋友：小強、小治、小剛和小玲，他們帶著一隻母牛和一隻小牛。小牛就在路邊低頭吃著草，母牛緊跟在小牛身旁。

小剛使勁的拖著母牛，想要到橋的另一邊，母牛卻一直抵抗，不肯過去。

小玲說：「母牛好可憐，這樣拉牠會痛啦！」

小治撿了一根樹枝說：「那麼，我打一下母牛的屁股，牠痛了就會跑過去。」說完，他就往母牛的屁股打下去，母牛反而退後了幾步！

「什麼爛主意！現在離橋更遠了啦！」小剛生氣的說。

小強說：「應該讓母牛開心，牠才會願意過去！」

小玲也贊成小強的說法。

小剛皺著眉頭：「怎麼讓母牛開心？」

「啊！啊！啊！」小強先清一清喉嚨，然後就跑到母牛面前唱起歌來了；不過，母牛好像並不領情。

小強的舉動反而搞得大家哈哈大笑。「母牛不開心，我們很開心！」小剛笑著說：「還是大家合力把牠推過去！」於是，大家就一起用力推的推、拉的拉，母牛動都不動，就是不肯過橋。

老王見了他們的舉動，就下車過去問清楚原因。原來，年

輕人覺得另一邊的草長得比較豐盛，想要帶母牛過去吃草。

老王就笑著說：「這還不簡單，你應該拉得動小牛吧！你只要先把小牛帶過去，母牛自然就會跟在小牛的後面過去了！」

於是，小剛照著老王的指示去做，輕輕鬆鬆的就把兩頭牛都牽過橋去吃草了。

給小朋友的貼心話

小朋友，爲什麼把小牛帶過去，母牛就會跟著過去呢？

當你每次完成事情之後，要記得把完成事情的「經驗」記下來。當別人需要你幫忙的時候，你也會是個經驗豐富的「萬事通」呵！

水龍頭

ㄕㄨㄟˇ ㄌㄨㄥˊ ㄊㄡˊ

「阿福」和「阿良」是非常要好的朋友，他們兩個人從小就在翡翠森林的「神愛村」長大，後來，由於父母工作的關係，先後離開了神愛村。阿福搬到了「暴風城」，這是一座先進的現代化城市；而阿良的家在「灼熱峽谷」，那是一個炎熱的沙漠地區。他們分離了好多年，彼此都在想念著對方。

有一年夏天，阿良小學畢業了；在畢業的那一天，他收到阿福的來信，邀請阿良到暴風城過暑假。阿良的父母還要上班工作，不能陪他去暴風城，就同意阿良獨自到暴風城去找阿福。

阿良到了暴風城之後，阿福帶他去了很多地方，包括動物園、植物園、美術館、歌劇院、電影院、圖書館、文化中心、棒球場、足球場、溜冰場、兒童樂園、水上樂園。去了那麼多地方，阿良最喜歡去水上樂園，還一再去了好幾次呢！

阿良是第一次來到文明先進的地方，對周遭的一切都非常好奇，也覺得很新鮮。尤其是在上廁所的時候，阿良覺得有一個東西非常特別，就是裝在洗手槽牆上的裝置：一個小小的轉

桿，轉一下就會有水流出來，再轉回去水又不見了，好像變魔術一樣。因爲阿良的故鄉缺水，根本沒有這樣的東西，所以阿良才會覺得特別神奇。

「明天阿良就要回家了，幫我把冰箱的菜拿出來退冰，今晚要好好的煮一餐招待他。」媽媽說。

「沒問題！我也來幫忙。」阿福馬上開始動手做。

阿良不好意思的說：「我可以幫忙洗菜嗎？」

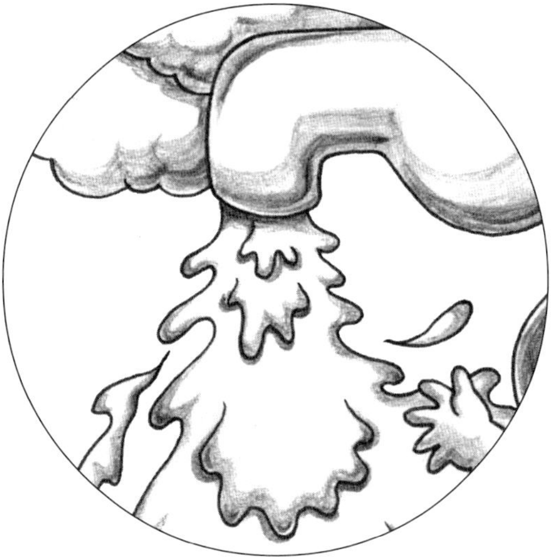

媽媽揮揮手說：「不行！怎麼可以讓客人下廚房。阿良，你就在旁邊陪我們聊天好了。」於是，阿良就站在廚房的門邊看著。

阿良看見水槽牆上的裝置，嘩啦嘩啦的流出水來，覺得很好奇，就問：「牆上的裝置到底是什麼東西？轉一下就有水流出來，好像變魔術一樣。廚房、廁所、浴室，到處都有，整個暴風城就像是一個魔術城。」

阿福解釋：「那是『水龍頭』，是一種取水的裝置，暴風

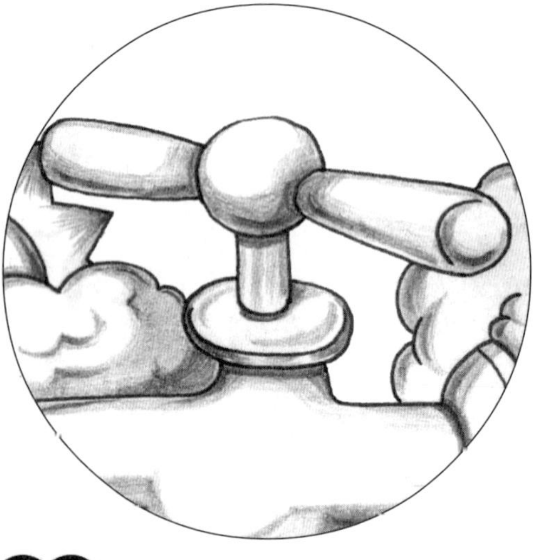

城家家户户都有，不是魔術啦！」

阿良心裡想著：「有了它，我也會變魔術，不用提著水桶到井裡提水，實在是太方便了！」

第二天，阿良要回家了，阿福想送阿良一份紀念品。晚餐後，阿福就問阿良：「你想帶什麼東西回家做紀念？」

「水龍頭！我要帶很多水龍頭回去。」阿良說：「因爲我的家鄉沒有這麼神奇的東西。如果我能帶回去送親友，大家只要把它裝在牆壁上，輕鬆一轉，水就會源源不絕的流出來，那會是一件多麼美好的事情啊！」

大家聽了都覺得又好笑又感動！

睡覺前，阿福把水龍頭為什麼會有水的原因，詳詳細細的告訴阿良。

阿良還是帶了一個水龍頭回家。雖然阿良已經知道水龍頭之所以能流出水來，並不是想像的那麼簡單與神奇。不過，阿良還是把水龍頭裝在牆上，鼓勵自己未來一定要努力，將這分幸福帶給村子裡的每一個人。

給小朋友的貼心話

小朋友，你是不是也和阿良一樣，有看過神奇事物的經驗呢？

每一個神奇事物所產生的功能，都有一定的原因與原理呵！

你是不是也和阿良一樣，會一起與家人分享神奇的事物呢？

最好的禮物

暴風城的國王很慈祥，他在暴風城的貧民區，新開辦了一間孤兒院，收容失去父母的孩童。

有一天，國王想進一步關心及疼愛孤兒院內的孩童，就邀請了孤兒院所有的小朋友來皇宮裡作客。小朋友來到了皇宮，快樂的圍繞在國王身邊。

國王看見孤兒們，開心的說：「小朋友！你們可以自由挑選一樣最喜歡的東西，國王送給你們！」

小朋友聽了之後，都興高采烈的跑來跑去，挑選自己最喜歡的東西。

小明大叫：「我要鋼彈機器人，還有鹹蛋超人！」

小美說：「我最喜歡芭比娃娃，她的衣服好漂亮。」

小乖說：「我要史奴比的鉛筆盒。」

小玲說：「我要凱蒂貓的書包。」

大雄說：「這是掌上型電玩，還有皮卡丘！」

阿志說：「哇！哈利波特全集！」

阿龍說：「還有『蜘蛛人』漫畫，酷斃了！」

只有小蓮遲遲沒有行動，還站在國王身邊。

「小蓮，國王送禮物很難得呵！妳都不喜歡嗎？」保母阿姨蹲下來問小蓮。

小蓮說：「不是！」

國王隨手拿了兩個玩具問小蓮：「這是最新的美少女戰士和霹靂嬌娃玩偶，妳喜歡哪一個？」

小蓮回答：「我已經選好了！」

國王見小蓮手上並沒有任何的東西。「是不是沒有妳喜歡的東西？」國王問。

小蓮說：「不是！」

國王聽了更加好奇，就對小蓮說：「妳不要客氣，國王答應的事一定會做到。要什麼？國王一定送給妳！」

小蓮懷疑的說：「真的嗎？」

國王回答：「真的！」

於是小蓮興奮的抱著國王說：「我最喜歡國王，我可以選你嗎？」國王被小蓮天真的舉動，逗得更開心了。

國王真的答應了小蓮的要求，經過孤兒院的同意，將小蓮留在皇宮裡，當一個活潑快樂的小公主。

給小朋友的貼心話

小朋友，你心中最喜愛的一樣東西是什麼呢？不管你喜歡什麼東西，是不是都應該好好的珍惜它呢？

去(ㄑㄩˋ)哪(ㄋㄚˇ)裡(ㄌㄧˇ)

有一位計程車司機在國際機場排班的時候，遇到一位慌慌張張的女士衝上他的計程車。

還沒關好車門，這位女士就急著說：「先走！先走！開快一點兒！我趕時間！」

司機就依照女士的指示，在高速公路上一直加速的向前行駛。

幾分鐘之後，女士突然問司機：「司機先生，應該快到了吧？還有多遠？我趕時間！」

司機緩緩的將車子往路邊停靠。女士疑慮的問：「你爲什

麼載我來這裡？」

司機無奈的回答：「小姐，妳只叫我開快一點兒，根本還沒有告訴我要去哪裡？」

女士驚覺自己冒失的行爲和態度，不好意思的說：「那麼，我現在告訴你要去的地點，你還願意載我嗎？」

計程車司機也客氣的回答：「只要目標清楚，任何地方都可以很快到達。」

計程車再度緩緩的駛向車道，同時，車裡傳出兩人的笑聲；在歡樂的閒談中，計程車也很快速的準時到達小姐指定的目的地。

給小朋友的貼心話

小朋友，你會像故事中的小姐般，急急忙忙、糊裏糊塗嗎？

如果你的朋友做事急急忙忙的時候，你會耐心的對待他或適度的提醒他嗎？

聰（ㄘㄨㄥ）明（ㄇㄧㄥˊ）的（˙ㄉㄜ）長（ㄓㄤˇ）官（ㄍㄨㄢ）

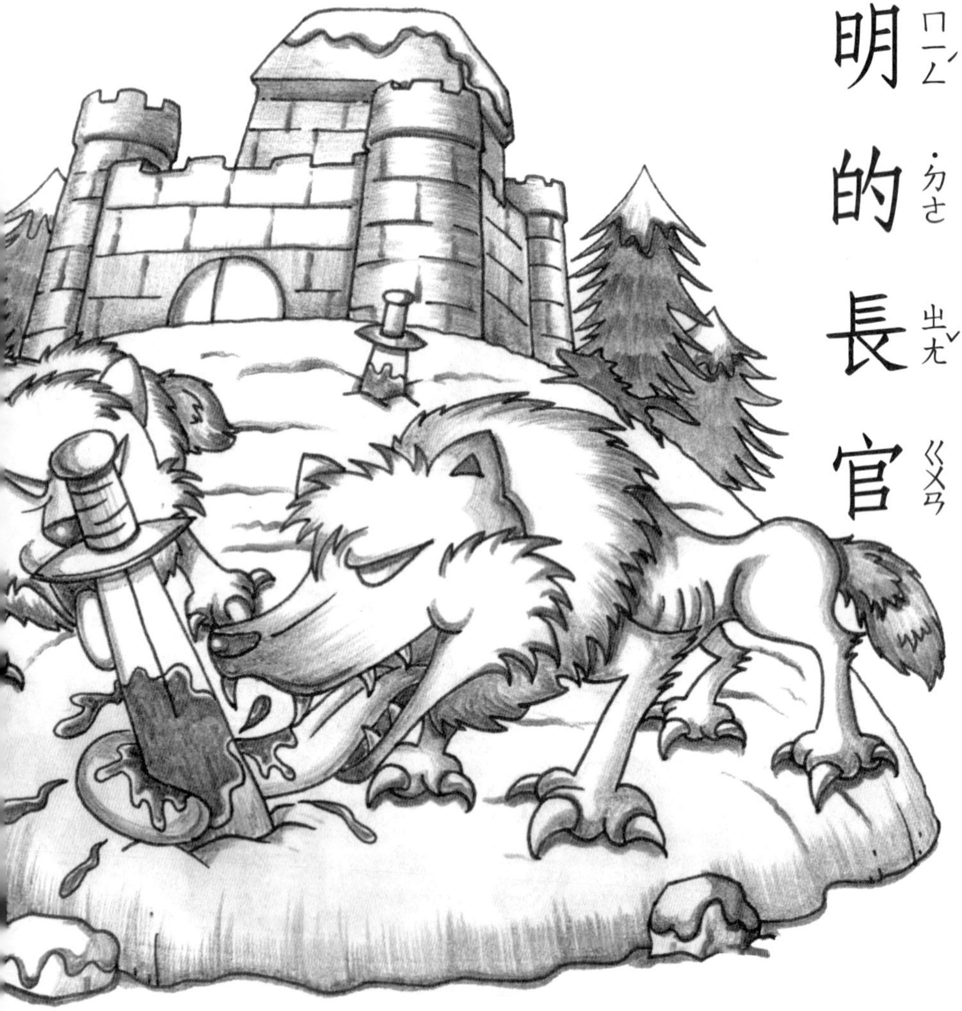

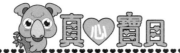

在冰天雪地裡的「冰風崗」哨塔，是保護暴風城的一個重要據點，也是作戰時重要的前哨站。爲了防範蠻族侵略，哨塔必須有戰士長期駐守。

哨塔中的戰士，都是由暴風城國防部嚴格挑選的菁英，驍勇善戰、戰績輝煌。在蠻族屢次的侵略行動中，始終讓蠻族徒勞無功、節節敗退。

蠻族因爲無法攻破冰風崗哨塔的防禦，損失了很多兵力；蠻族的領袖「狼牙王」非常生氣，每一次戰敗後，就會撤換戰

場指揮官。

「你們這些沒用的傢伙！一個哨塔都無法攻破，現在連指揮官都沒了！看樣子，我要親自指揮了。」狼牙王憤怒的說。

狼牙王有一隻寵物叫「烏爪」，它是一隻身體白色、四肢黑色的野狼。牠今天晚上特別調皮，一直纏著狼牙王。

「烏爪別鬧！我明天還要作戰，要有充足的睡眠才行。」狼牙王窩在棉被裡說著。

「嗚！嗚！」烏爪還纏著狼牙王叫著。

第二天早上，狼牙王睡眠不足，停止出兵作戰。「烏爪！都是你害我無法好好睡覺，不能打仗。」狼牙王突然靈機一動：

「對了！我也讓冰風崗的戰士無法睡覺好了！」

深夜裡，到處傳來「嗚！嗚！嗚！」的咆哮聲。「最近是怎麼回事兒？晚上野狼特別多，叫得我們都失眠了！」冰風崗的戰士抱怨。

「是啊！我已經好幾個晚上都沒睡好了！」隊長說：「再這樣子下去，萬一蠻兵在這個時候入侵，我們恐怕就無法作戰了！」由於受到野狼的騷擾，崗哨裡的戰士們都無法好好的睡覺，非常困擾。

消息傳到了暴風城，國防部就另外派了一位戰場指揮官，到冰風崗瞭解情況。

這位指揮官曾經是一位經驗豐富的獵人。他觀察野狼的一舉一動，「這些野狼的行爲，不像是野生動物，有規律的出沒，好像是受過訓練一樣。」指揮官肯定的說：「這些野狼是蠻族派來擾亂的，不能輕忽。」

戰士們聽了之後，都撐起疲憊的精神，不敢怠慢。

就在一個冰雪交加的夜晚，狼牙王見天氣惡劣，覺得是一個攻打的好時機，並打算展開大規模的侵略，就下令蠻兵，帶領更多的野狼到冰風崗釋放，當作戰的先鋒。

在冰風崗這邊，長官想利用冰雪交加的天氣消滅狼群。於是命令所有的戰士，各帶一把尖銳的短劍，在短劍的刀鋒上塗一層動物的鮮血，然後把短劍插在野狼最常出沒的雪地上，用鮮血的氣味吸引野狼。

戰士們就照著指示，將塗抹鮮血的短劍插在崗哨的周圍。不一會兒，就出現了一群野狼，飢腸轆轆的搶著舔這些短劍。由於天氣嚴寒，野狼在搶食中，割傷了自己的舌頭也沒有感覺，鮮血一直不斷湧

出。

天氣寒冷，野狼根本無法分辨舔到的血是不是自己的，一直不斷舔自己流出來的鮮血；而鮮血的味道還會不斷散發，吸引更多野狼前來搶食。就這樣，血一直流，野狼就一直舔。

第二天清晨，冰風崗的周圍，躺滿了因失血過多而死的野狼。

狼牙王得知消息後，只好撤回所有出征的蠻兵，再次停止攻打行動。

這次的計畫，也讓狼牙王失去了最心愛的寵物「烏爪」。

給小朋友的貼心話

聰明的長官，運用了環境、天氣與動物的習性，解決了崗哨的危機。

小朋友，想一想：生活當中，會有什麼事情，需要觀察周遭的環境，運用現場的事物解決呢？

能言善道

ㄋㄥˊ ㄧㄢˊ ㄕㄢˋ ㄉㄠˋ

教育部在每年六月都會舉辦「演講研習營」活動，這次的地點選擇在暴風城舉辦，同時邀請了各地「名嘴講師」舉辦很多場次的演講。

由於每一場次的名師開講都是免費參加，城裡的學生也都不會錯過這次學習的機會。

有一位高中生名字叫做「金善言」，每一場開講都沒有放過；每次聽了之後，他都自認爲能跟名嘴一樣能言善道。

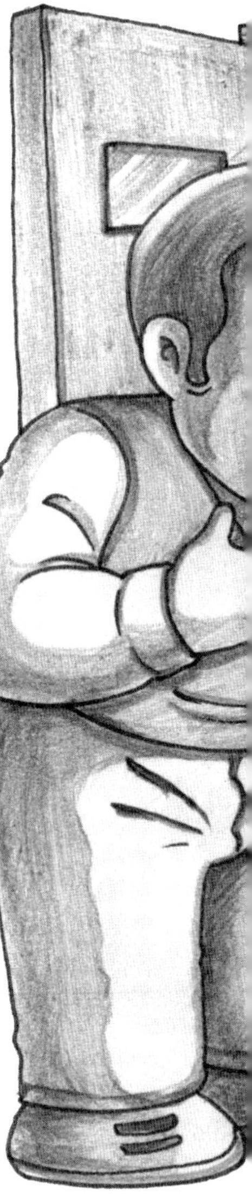

　　幾天後，在最後一場演講活動開場前，金善言認爲自己應該抓住機會證明自己能言善道，並學習更高的演講技巧，就擅自跑到貴賓休息室去找名嘴講師。

　　當他一見到講師的時候，就馬上依照演講的程序，自我介紹一番：介紹自己顯赫的家世及崇高的理想，也依照演講的主題，發表自己的言論，一直嘮叨不停。講師想回答他的話，他又自以爲是的搶著回答問題。

講師看他毫無停止的樣子，便很不客氣的打斷他的話題說：

「我要開始計算學費嘍！而且還是加倍收費！」

金善言驚訝的說：「爲什麼？不是免費的嗎？」

「因爲我必須特別教你別人學不到的三件事：

第一，如何打開你的耳朵！

第二，如何使用你的舌頭！

第三，如何閉上你的嘴巴！」

金善言強詞奪理的回答：「不用吧！我的耳朵又沒聾，舌頭也很靈活；閉上嘴巴？難道你要教我用『腹語』說話？」

講師認爲金善言也算是個人才，但是必須糾正他的行爲；

因此，他很有耐心的繼續說：「打開耳朵，是希望你學會聽別人說話；使用舌頭，是要你說該說的話；閉上嘴巴，是要你給我機會說話！」

金善言恍然大悟。原來，會說話的人，先要懂得傾聽別人的話，還要給別人說話的機會，並且說得恰到好處。

給小朋友的貼心話

你會搶著「說話」嗎？通常，同學都會因爲喜歡老師才搶著說話，目的是希望老師注意到他。

但是，搶話是不禮貌的行爲呵！這樣反而會令人反感。講話時尊重別人發言的權利，才是「會說話」。

皮 ㄆㄧˊ
鞋 ㄒㄧㄝˊ

在「西部荒野」這個地方，村民都沒有穿鞋，所以人們都是過著碎石扎腳的日子。炎熱時，地面的高溫會燙傷腳；寒冷時，路面的霜雪又會凍傷腳，叫人熱也痛苦、冷也痛苦。

在村裡有一戶牧牛維生的人家，有倆兄弟非常聰明又孝順。平常在牧牛的時候，他們都會想一些趕牛的方法或作一些剝牛皮的工具，讓工作輕鬆方便。

有一天晚上，他們的父親因爲腳掌受傷被攙扶回家，兩個

兄弟都很傷心難過，就想著如何讓父親不要再受到傷害。

哥哥在床上翻來覆去睡不著覺，始終想不出好方法。一直到半夜，突然聽到客廳裡有奇怪的聲音；他以爲有小偷，趕快衝向客廳。

他推開房門，驚見客廳裡鋪滿牛皮，原來是弟弟正在切割牛皮。

弟弟對哥哥說：「我把儲藏在倉庫中的牛皮，都拿來鋪在

地板上了；這樣一來，爸爸走到哪裡都會非常舒服。」

「家裡可以這樣做，爸爸出門的時候呢？你總不能把爸爸要去的地方都鋪上牛皮吧！」哥哥的話也有道理，於是兄弟倆又陷入沉思。

過了一會兒，哥哥突然跳起來，說：「好弟弟，不是你的方法不對，而是想錯了方向！我們只要切下符合爸爸腳部大小的牛皮，綁上繩子，包在爸爸的腳上就可以了！」

「這的確是個好方法！簡單又方便，穿破了可以隨時換掉，還可以完全保護爸爸的腳。從此以後，不管爸爸走到哪兒，都會很舒服！」弟弟很高興，大大的稱讚：「哥哥真是聰明絕頂！」

哥哥謙虛的說：「都是你先有了想法，我才想出來的，應該是你的功勞。」

兄弟倆徹夜未眠的完成了「西部荒野」的第一雙「皮鞋」。從此以後，兄弟倆更把這個想法發揚光大，用來幫助村裡所有需要的人。

給小朋友的貼心話

有人發明東西給我們玩，有人發明東西給我們吃，有人發明東西給我們用。

在日常生活中，處處有發明的機會，發明都是因爲有「需要」。

我們可以試著先從身邊最常接觸的事物做起。你能爲自己的「需要」發明東西嗎？說不定你就是大發明家呵！

悟空遇三藏

有一個年輕人平日遊手好閒，不是踢翻路邊的垃圾筒，就是折斷路旁的花草，還會用小刀在樹幹上刻下「齊天大聖，到此一遊」，想像著自己是《西遊記》裡的主角「孫悟空」！

有一次，孫悟空追著劉媽媽養的白色波斯貓，嘴裡還大聲

的喊著：「妖怪！狐狸精，我要收拾你，看你往哪裡跑！」把劉媽媽給氣炸了。

又有一次，他追著一隻流浪狗，抓到後拿出膠帶將牠封口，還得意洋洋的說：「嘿！終於收服你了！」嚇得流浪狗癱在地上一直發抖。

有一天，孫悟空看到一位詩人和朋友在公園散步，他突然衝過去，出手打了詩人的頭，然後迅速逃走了。

「怎麼可以亂打人！別跑！」

詩人的朋友想衝過去抓住孫悟空，詩人卻攔住朋友說：「我沒有事！你不必抓他。」

朋友氣憤的說：「爲什麼不追呢？這樣亂打人簡直像隻瘋狗，應該教訓他一頓！」

詩人笑著說：「既然是瘋狗，那你怎麼教訓他呢？」

朋友說：「如果我也打他，就跟他一樣是瘋狗；但是，至少要告訴他，打人的行爲是不對的。」

走著、走著，詩人說：「你看！前面那個被追的人，不就是剛剛那個年輕人嗎？」

只聽年輕人邊跑邊喊：「我是孫悟空耶！我是行俠仗

義……」

追他的人也喊著：「我是唐三藏，是來收服你的！」

詩人與朋友看到這一幕，不禁會心一笑。

給小朋友的貼心話

小朋友，惡作劇是不好的行為，千萬不要跟故事裡的「孫悟空」一樣呵！

想一想：當你遇到別人對你惡作劇的時候，你會用什麼樣的方式去解決呢？

賣雞蛋

暴風城裡有一戶單親家庭，媽媽和小男孩「強強」相依爲命。

自從父親過世以後，生活的重擔就由媽媽負責；而賺錢的唯一依靠，就是後院雞舍裡養的幾隻雞，所以他們的生活並不富裕。

咕咕咕！「媽媽！母雞生蛋了！」強強高興的說。

母雞一連生了好幾顆雞蛋，「今天賣雞蛋的收入可以多一點兒了！」媽媽很開心，告訴強強：「上學期的期末考，你考

了第一名，媽媽今天補給你獎勵。」

強強搖搖頭說：「媽媽，我考試是爲了自己，不是爲了獎勵，不用了！我們家現在需要錢，還是把多賺的錢存起來吧！」

媽媽聽了之後，覺得強強眞懂事，心裡很安慰。

有一天，天氣非常寒冷，母雞陸陸續續被凍死，媽媽爲了搶救僅剩的雞蛋而病倒了。還好，媽媽只是感冒；不過，僅存的一點點錢也用完了。

媽媽說：「強強，我們沒錢了，

我必須把僅剩的雞蛋拿去賣，希望能賺一點兒錢，再去買幾隻母雞！」

強強說：「媽媽，你身體不舒服，應該休息，今天我去幫你賣雞蛋。」

於是，媽媽就將雞蛋交給強強，強強很謹慎的提著雞蛋到菜市場去。

強強小心翼翼的走著；沒想到，他一不小心被地上凸起的石頭絆倒，整籃雞蛋全部都破掉！

強強傷心的哭著說：「怎麼辦？全家的希望都破掉了！」

看到的路人，有的很同情他，有的卻嘲笑他。

這時候，有一位小女孩走向強強，拿出十塊錢，說：「雖然我不認識你，但是我願意把我身上的一點兒錢全部給你！」路人看到小女孩的善行，紛紛說：「我們是不是應該跟小女孩學習呢？」

於是，路人一個接一個，加入捐錢的行列。強強感激的說：「夠了！真的夠了！謝謝大家的幫忙，我現在不但有錢，還覺得很溫暖呢！」

給小朋友的貼心話

比較貧窮的同學，有時候會因爲家境的關係，顯得比較自卑。你可以試著去接近他、鼓勵他，用你的愛心與他相處。

千萬不可取笑或欺負家境貧窮的同學，因爲這樣做不只是他會難過，他的父母也會傷心呵！

小朋友，不論你是富裕還是貧窮，都可以擁有一顆關愛及助人的心。

願意的力量

「白狐狸小姐」是一位口才很好的商品推銷員。

有一天，她來到了「清境農場」，看見一大片綠油油的香蕉園。「猴子先生」正在收割一串串的香蕉，白狐狸就開始向猴子先生推銷，說她的產品一定可以讓香蕉長得更好。

猴子回答說：「我的香蕉長得很好，我已經很滿意了，不需要你的商品。」

白狐狸只好點頭道謝後，離開了香蕉園。

走著，走著，她看見「兔子姑娘」，正彎著腰在蘿蔔田裡採收蘿蔔；白狐狸走向前，試著向兔子推銷讓蘿蔔長得更大的商品。

兔子隨手拔了一根蘿蔔送給白狐狸，然後跟她說：「妳看！我的蘿蔔長得跟西瓜一樣大，應該不需要用到妳的商品！」

白狐狸很不好意思的收下兔子送的禮物，點頭道謝後離開了蘿蔔田。

於是，白狐狸抱著西瓜大的蘿蔔，呆呆的站在一片萬紫千紅的花園旁，一邊看著成群的蜜蜂在採集花蜜，一邊想著下一個推銷的對象。突然，她聽到不遠處傳來小孩哭鬧的聲音，原來是熊媽媽帶著熊寶寶，拖拖拉拉的走了過來。

白狐狸看見熊媽媽還提著一桶蜂蜜，就過去幫忙熊媽媽，親切的問：「熊媽媽妳要去哪裡？我幫妳提蜂蜜。」

熊媽錢很不好意思是應該跟小是要將蜂蜜拿去市場賣，順便帶小孩去看牙醫。」

白狐狸隨口就問：「寶寶的牙齒怎麼了？」

熊媽媽對著熊寶寶生氣的說：「偷吃蜂蜜嘍！蜂蜜太甜，吃了之後又不刷牙，現在牙都蛀了，還敢鬧著不去看牙醫！」

熊寶寶不服氣的說：「又沒有痛，我不要去看醫生啦！」

白狐狸親切的對熊寶寶說：「牙痛很難受呵！拖到牙痛就來不及了。」然後靦腆的對著熊媽媽：「原本還想推銷讓蜂蜜更甜的商品給妳，看到熊寶寶可取笑或欺不用說了。」

於是，白狐狸就一手抱著蘿蔔，一手提著蜂蜜，和熊媽媽不邊走邊聊天。

到了市場，熊媽媽對白狐狸說：「妳可以到『牛頭村』去推銷看看，那裡應該會需要一些妳的商品。」白狐狸聽了之後非常感謝熊媽媽的指點，就馬上趕往「牛頭村」。

「牛頭村」坐落在清境農場西邊的「日落峽谷」。這裡沒有綠油油的香蕉，也沒有西瓜大的蘿蔔，更看不到萬紫千紅的花園，只看到一片片等待耕耘的田地。

白狐狸心裡想：「如果他們用我的商品，一定可以幫助他們大豐收。」

在夕陽的陪伴下，白狐狸抱著大蘿蔔沿著田埂走著，看到不遠處有一戶農家，有位「牛先生」就坐在庭院裡的搖椅上，搖啊、搖啊，還悠閒的抽著煙斗。

走近庭院旁，隱約還聽到「牛太太」對著牛先生抱怨：「只會講豐收、豐收！沒見你下田工作，怎麼會豐收！」

白狐狸聽到後，就向牛太太揮手打招呼；牛太太看見白狐狸抱的大蘿蔔，驚訝的說：「這蘿蔔怎麼長得跟西瓜一樣大！」

白狐狸回答說：「妳喜歡就送給妳吧！」

牛先生在一旁很不是滋味的說：

「有什麼好大驚小怪的！我種的蘿蔔比西瓜還要大！」

牛太太聽了就對白狐狸說：「別聽他吹牛！來者是客，晚餐我煮蘿蔔湯給妳喝！」

於是，白狐狸就跟著牛太太進了廚房，一起煮晚餐，還一邊閒話家常！

晚餐後，牛先生抽著煙斗問白狐狸：「陌生人！你來牛頭村有什麼事呢？應該不會只是經過吧！」

白狐狸自信滿滿的說：「我是來讓貴村大豐收的！」

牛太太很好奇的問：「怎麼大豐收啊！」

白狐狸就指著型錄上的產品，很熱情的說：「這個商品可以讓香蕉長更多，這個肥料可以讓蘿蔔變更大，這個祕方可以讓蜂蜜更甜。」

她介紹了很多幫助耕種的產品，包括省時又省力的農耕機和各式各樣的肥料！牛太太聽著介紹一直猛點頭說：「需要！需要！通通都需要！」

白狐狸心想：「終於找到了要買東西的客人，這一趟的辛苦總算不會白費了！」

牛太太就向牛先生說：「這麼多好東西，你總該沒有理由不下田工作了

吧！」

牛先生堅決的回答：「都不需要！」

白狐狸聽了又驚訝又失望的問：「這麼多可以幫助你豐收的東西，怎麼會不需要呢？」

「我耕種的方法比這些產品的效果好上幾十倍，但我需要能讓我『願意』下田耕作的『力量』！」牛先生慵懶的說：「你有賣『願意的力量』嗎？」

白狐狸聽了之後搖搖頭說：「我沒有賣『願意的力量』，可以讓你想下田耕作。」

於是，白狐狸就拖著筋疲力盡的腳步，離開了牛頭村。

給小朋友的貼心話

小朋友！該做的事情你都願意去做嗎？還是跟牛先生一樣，做事還要找理由，才能讓自己願意去做？

想一想：你願意去做的事，需要等待理由嗎？

國家圖書館出版品預行編目資料

真心寶貝：陪孩子成長的溫馨故事／鬍子奶爸 文 圖
-- 初版 -- 臺北市：慈濟傳播文化志業基金會
2007〔民96〕 面；公分 -- {故事HOME 系列；9}

ISBN 978-986-83321-2-6 {平裝}

859.6 96009763

故事HOME 系列 9

真心寶貝

創 辦 者／釋證嚴
發 行 者／王瑞正
作　　者／鬍子奶爸
插畫繪者／鬍子奶爸
出 版 者／慈濟傳播人文志業基金會
11259 台北市北投區立德路 2 號
客服專線／02-28989898
傳真專線／02-28989993
郵政劃撥／19924552　經典雜誌
責任編輯／賴志銘、高琦懿
美術設計／陳寅隆
印 製 者／禹利電子分色有限公司
經 銷 商／聯合發行股份有限公司
台北縣新店市寶橋路 235 巷 6 弄 6 號 2 樓
電　　話／02-29178022
傳　　真／02-29156275
出 版 日／2007 年 6 月初版 1 刷
2011 年 11 月初版 8 刷
建議售價／200 元